蒲田行進曲

つか こうへい

目次

ヤスのはなし　五
小夏のはなし　八五
解説　扇田昭彦　一九四

ヤスのはなし

I

スタジオの中は、うだるような暑さだ。頭の上から十キロワットの照明が三十台もギラつき、天窓も通気孔もなく、鉄の扉を閉めると空気は淀《よど》んだまま流れようもない。

衣裳はぐっしょり汗を吸いこみ、体が倍くらいに重くなっていた。羽織の裾《すそ》から汗がポタポタしたたり落ちて、足元のコンクリートに黒い水たまりをつくっている。

俺たち大部屋は、スタッフの打ち合わせの間、スターさんのように外に息ぬきにでることもできず、暗がりにひとかたまりになって、じっと待っている。

「土方歳三《ひじかたとしぞう》、準備ＯＫですね」

「よろしくおねがいします」

浅黄色のだんだら模様の羽織に、額には〝誠〟の鉢巻《はちま》きを締めた銀ちゃんは、初の主演作品ということもあって、神妙な顔つきであちこちに深々と頭を下げた。銀ちゃんのはじめての主演作品だ。俺たちもがんばんなきゃあ。

「大部屋さんたち、用意ＯＫですね」

「ＯＫです!!」

俺たちだってプロだ、映るか映らないかの斬《き》られ役でも、スターさんなみに顔だけは決して汗をかきはしない。

「じゃ、本番行こうか」

おっとりした大道寺《だいどうじ》監督の声をうけて、助監の昭ちゃんが、

「カメラ回りました！」

ヒステリックに叫ぶ。

反射的に俺たちは目と左腕をさわる。っていうのは、眼鏡と腕時計なんだ。これも習性で、昔、腕時計したまんま刀ぬいて立ち回りやった大部屋さんがいて、編集の段階で大騒動になり、その大部屋さんは首つったたって話があるんだ。わかるよ。撮り直しってことになって、場面《シーン》しだいじゃ四、五十人からのスタッフと日だて何十万ってスターさんたちのスケジュール調整のこと考えたら、首くくりたくもなるよ。それに、

それだけの人を集めても、空模様とかで、一分のカット撮るのに一日じゃすまないってことだってあるんだからね。

居酒屋ののれんが割れる。坂本龍馬《さかもとりょうま》役の橘《たちばな》さんがひょっこり顔を出す。さすがスターさんだ。照明は変わらなくても、場が一段と明るくなったようだ。

「いたいた、さがしたぞ、総司《そうじ》！　あんまりつれなくするもんじゃないぞ。ワシの心はデリケートにできとんじゃ」

上半身裸で、煮しめたような色の、ぞろっとした袴《はかま》をつけた橘さんが、不精ひげいっぱいの顔に狂ったみたいな笑いを浮かべる。

「なっ、悪いことは言わん、一発やらせろ、肺病持ち、やらせろ、わしゃ、がまんできんがな」

「もう、僕のあとを追うのはやめて下さい」

総司役のジミー雪村は、ふところに手を入れられ、真っ赤になっている。

「ほう、赤うなって、ウブじゃのう」

セットの板べいの陰でスタンバイしていた俺も背筋がゾクッとした。橘さんの声は、一昨年《おととし》の映画の賞を総ざらいした『寝盗られ宗介』で、将軍の奥方を寝盗る歌舞伎役者を演った時を彷彿とさせた。色気というか狂気というか……。普段はごく普通の人で、胸ポケットに一粒種の男の子と家族でドライブ行ったときの写真を入れていて、会う人ごとに見せるんだ。

ジミーも、衆道の沖田という設定で役づくりをしてきたんだろう、龍馬に二の腕をつかまれて、必死に振りほどこうとしながら手足バタバタさせ、目に涙をため歯をくいしばっている。

「坂本さん、あなた衆道の気があるんですか」

「おお、わしぐらいになったら何でもあるんじゃ」

「やめて下さいよ、人が見てるじゃありませんか」

「ぬしが一発やらせなきゃ、わしゃ日本ほったらかしにするぞ、日本救いたきゃわしのものになれ」

突然その龍馬がさっと顔を上げ、厳しい目をつくり、奥の座敷に向かって怒鳴《どな》る。

「誰じゃい、そこに隠れとんのは！　出てこい！」

座敷のふすまが開いてカメラがパンすると、いよいよ銀ちゃんの登場だ。

――下唇《したくちびる》をかみ、左の目を少し細めた、銀ちゃんがいる。俺も、思わず銀ちゃんの気持ちになって龍馬を睨《にら》みつけた。

「だれじゃおぬしは!!」

まだ銀ちゃんはかみつきそうな顔で、カメラを睨みつけている。どう芝居のリズムがこわれようと、じっくりアップを撮ってくれるまでは、台詞《せりふ》を吐くまいと心に決めてるようだ。とうとう橘さんが業を煮やして、

「だれじゃと聞いとんじゃ。カッコつけず答えんかい!!」

「私は新撰組の……」

「新撰組はわかっちょる、その派手なだんだら模様の羽織着てりゃあよ」

橘さんはおさえこむような言い方をする。でも銀ちゃん、気にすることなく、ますます鼻の穴をふくらませ、カメラを睨みつけている。正直な話、相手との関係とか、芝居の呼吸なんて考え出したら、映画じゃどんどん脇にまわることになる。主役はふんぞりかえってりゃ、まわりの芸達者が芝居やってくれるもんなんだ。

「土方歳三です」

見下したその言い方に橘さんは、目をカッと見開いて大声で応える。

「おまえ、評判悪いぞ。若い者先に立たして、自分だけ生き残ろうって魂胆だろうが、そうはいかんぞ。おまえが先頭に立て、相手してやるけん」

「ひと太刀《たち》交えますかな」

「きいた風な口ぬかすな！　やれー！」

それを合図に俺たち脱藩浪士が斬りかかる。立ちまわりが始まっても、銀ちゃんはカメラを睨みつけたまま、俺たちを見ようともしない。銀ちゃんが振りまわす刀に、俺たちが体あわせて斬られてくって感じ。俺たちは、カメラの前を横切らないよう、銀ちゃんの殺陣がきれいに見えるよう、蝶のように舞わせて蜂のように刺される感じよ。

「カーットー」

という声が聞こえても、俺たちは起き上がらず、監督の「OK!」という声を待つ。恐いんだよね、この一瞬が。たとえ俺たちのせいじゃなくても、撮り直しってことになると、責められるのは大部屋の俺たちだからね。

「おつかれさん、昼から十八シーンいきます! 十三時開始です」

ホッとして立ち上がろうとした瞬間、

「ヤス、きさま、カメラの前横切りやがったな。ぶちこわしじゃねえか」

銀ちゃんの声がして、脳天のうしろのとこ、ガツンときたね。あんまり痛くて目の中ピカーッと稲妻が走ったよ。

「申し訳ありません、申し訳ありません」

もう慣れっこだからさ、俺、背中丸めてうずくまって殴《なぐ》られるままよ。

「また始めやがったよ、大部屋いびりを」スクリプターの飯田さんの声が聞こえた。

「銀さまのアップばっかりで、斬られ役の大部屋連中なんか映っちゃいねえのによ」

銀ちゃんはおかまいなしに激しく殴りつけてくる。しまいには、

「このゲスが、そんなに目立ちたいか」

こぶしで俺の顔、ガンガン殴り始めた。もう目が真っ赤に充血しちゃってるのね、正気の沙汰《きた》じゃなくなってる。肩甲骨の間のとこなんかに刀がもろに当たったりすると、小便がもれそうに痛いよ。思わず声をあげそうになるけど、銀ちゃんは、なにか考えがあってやってることだろうし、出方をみるまで我慢しなきゃあ。

「この場面は俺のアップ撮ってんだ。それをてめえの汚ねえ面なんか映してどうすんだよ」

この十年、スターさんのじゃまにならないように、うまく斬られることばかり考えてきてるんだ。そんなヘマやりはしないよ。それに俺たち、あとまだ何度も捕り方やったり、町人やったりしなきゃいけないんだから、そうそう早いうちから映ってられないんだよ。でも銀ちゃんが怒ってんだしね、調子あわせなきゃ……。

「すいません、すいません」

「撮り直すのにいくらかかると思ってるんだ、弁償できるのか!!」

ようやく大道寺監督がなかに入ってくれて、

「大丈夫だよ、銀ちゃん。その大部屋さん、きっとフレームに入っちゃいなかったよ」

「いえね、監督さん、こいつが映りたい一心で、わざとらしくカメラの前で倒れたんですよ。ほんとにやりにくいんですよ、こいつらがチョロチョロ映りたがって。どうします、撮り直しますか」

「まあラッシュ見てみようよ。セットだってバラし始めてんだしさ」

銀ちゃんはひとつ舌打ちして、

「セットなんか作り直しゃいいじゃないですか。困るなあ、テレビあがりは、手ェぬくことばっかり考えて」

銀ちゃんは、テレビあがりと言われてムッとした表情の監督を無視し、時田カメラマンに相槌《あいづち》をもとめた。

「ね、時田さん、そうでしょう、フレームに入ってましたよね。ほら、今の袈裟懸《けさが》けのシーンですよ。俺が胴を払って、一発決めといて、そのあとグッと寄るつもりだったのが、そこをこのヤスの顔がヌッと出てきちゃったもんだから、台なしになっちゃったんだよ。チキショウ」

そして、また俺の腹を力いっぱい蹴《け》り上げてきた。

スタジオの入口でマネージャーと打ち合わせをしてたらしい橘さんが、

「もし映ってたら俺もう一回やり直してやるからよ。おまえ主役なんだろうが、細かいとこ、あんまり気にするな」

「しかし、大部屋は言ってやんなきゃわかんないですよ」

「だけど、もう一回おまえの臭い芝居につき合うってのやりきれんしなあ」

橘さんは銀ちゃんより歳は若いんだけど、はじめての主役の銀ちゃんと違ってもう何本も主演してるから、格としては上なんだよね。

「どうした、銀の字。あんまり、ゴチャゴチャ言うのみっともないぞ」

スタジオを出ていく橘さんの後ろ姿を睨みつけ、銀ちゃんはくやしそうに俺にツバを吐きかけた。

いつのまにか、スタッフもキャストも、みんな休憩で散ってしまって、ガランとした蒸し暑いスタジオに残ったのは、銀ちゃんと俺たち大部屋連中と、セットの見取り図を見ている監督だけになった。

「で、監督、本当のところを聞かせてもらいましょうか。この映画は、この倉丘銀四郎《くらおかぎんしろう》が主役なんですか、それとも橘なんですか」

「もちろん銀ちゃんだよ」

とは言うものの、監督もなんとなくそっけない。日頃、集団のエネルギーを画面にぶつけたいって言ってる人なんだ。誰が主役かなんて、あんまり関係ないのかもしれない。

「だったら四十五シーンの、池田屋の『階段落ち』が中止ってはずはないでしょう」

「会社からやめろって言われてんだよ」

「会社は責任とりたくないから、反対はしますよ。そのくせやんなきゃ能なしって陰口たたきますよ」

「なに言われてもいいけどね、俺はやることはやるつもりだから」

「京都に監督いないわけじゃないのよ。それを東京からあんたが来て誰が喜んでると思います。ここは『階段落ち』やって、一発かましてやんなきゃ男を下げますよ。俺も腹割って言うと、もし『階段落ち』がなかったら、橘がしゃしゃり出てくると思うんだよ。今だってどっちが主役だかわかんないんだから。ね、『階段落ち』やりましょうよ」

大道寺監督は、銀ちゃんをもてあましぎみで、

「警察からも止められてるらしいんだよ」

「警察は立場上止めるよ。ひと一人殺そうってんだから。だけどそれを押してもやるのが映画なんじゃないの」

「だって五年前に『新撰組血風録』で『階段落ち』やった富岡さんていう人、まだ半身不随で入院してるっていうよ」

「そんなこと気にすることはないよ。みんな、『階段落ち』見れるって、楽しみにしてんだよ」

「しかし」

「しきたりなんじゃないの。新撰組やるときは、暮れの二十八日の御用納めの日に、スタジオの前にパトカーと救急車待たせておいて、香典山積みにして、クレーンカメラのワンカットで、池田屋の『階段落ち』やって、大部屋一人殺すのが」

「だれが死んでくれるわけ。一寸五分の樫《かし》の板が、三十センチ間隔で十五段、あがり框《がまち》があって、重いカメラが通るから三和土《たたき》はにがりがひかれてカチカチだよ。そんなとこ、まっ逆さまに落っこってくれるスタントマンなんて、いやしないよ。それともいるの、京都には。まっ、ここは俺に任せて、悪いようにはしないから、とにかく休憩にしよう」

監督は、話はここまでとばかり胸ポケットからクシャクシャにつぶれたハイライトを出し、ゆっくりと火をつけて一服大きく吸い込んだ。

「いるよ、心配しなくても。京撮は、映画バカが掃いて捨てるほどいるからね」

銀ちゃんがニヤリと笑って、ゆっくり俺たちの方を振り返った。俺と目が合った。

「ヤスが死ぬ」

名指しされて、俺は胸がキューンとしたよ。

トメさんやマコトはガタガタ震えてうつむいていたのに、俺だけは顔を上げてお名指しを待ってたんだ。俺と銀ちゃんは付き合いが違うもんね。

「いいんですか、俺みたいんで」

なんてカッコつけてね、死ぬかもしれないのに。銀ちゃんの真似して、下唇を嚙《か》み、右目を細めてニヤリと笑って返してやった。そして俺が、

「俺が死にでもすりゃ、評判になって客が入るでしょうね」

と言ったら、もう銀ちゃん感動しちゃって、目にいっぱい涙ためて抱きついてくるんだ。

初めての主演映画で、かわいそうなくらい神経質になっていて、俺たちと口もきいてくれなかったんだものね。俺は腕の一本折られたって、銀ちゃんが陽気だってことが一番嬉《うれ》しいんだ。

俺はすっかり調子づいちゃって、監督の肩に手をかけて言ってやった。

「つまり、私が思いあまって、勢いあまって落ちちゃったっていうことなら丸くおさまるんじゃないですか？　なんなら会社の方に一札入れといてもいいですよ」

「調子に乗るなよ、おまえ」

って監督が恐ろしい顔で睨み返すんだけど、俺おかまいなしに肩に手を置いたままつづけたね。

「でも、俺たち大部屋なんて、アップで撮ってもらえるなんてことほかにはないですもんね」

「よし、池田屋の『階段落ち』、やろう。けど、振り向くなよ。振り向かれちゃ困るんだ、斬られた死人が振り向くわけないもんな。よーし！　振り向かずに落っこってくれたら、俺、会社から百万もらってやるよ。銀ちゃん、あんたも殺す気で蹴り落としてよ。手加減しないでよ」

「金じゃありませんよ、俺ら」

睨み返してやったものの、五年前の「階段落ち」で、三和土で顔がひしゃげ、骨が皮膚をつき破って出た富岡さんを思い出して、だんだん顔がこわばってきた。ヘラヘラ笑えなくなってくるのが分かったよ。のどがくっつきそうにカラカラになって、どうしちゃったんだろうね。怖いわけないいんだよ、大好きな銀ちゃんのためにやるんだからさ。

だけどなぜか体が震えてんだよ。一体どうしちゃったのか、涙が出てきちゃってね。

銀ちゃんを囲みながらスタジオを出て俳優会館に戻ると、玄関先に人がたかり、中で大川プロデューサーが山積みにした台本をバンバン叩《たた》いていた。

「次は銭形平次《ぜにがたへいじ》の捕り方だ、『屋根から滑り落ち』で八千円。これは楽な割にいいギャラだ。どうだ！　声ないか、声！」

小脇に台本いっぱいかかえて聞いてた友さんが手を上げた。

「体がもつの？　あんた、もう五本だよ」

大川はそう言いながら、しぶしぶ手帳に名前を書き込む。

「さあて、次は岡っ引のAとB。これはちょっとはずむよ。三十分水に漬かって、なんと一万だ！」

群がる役者たちの顔はドーラン焼けで生気がなく、まわりには安酒の匂いが立ち昇っている。

「それでは、本日のハイライト、馬での市中引き回しの罪人。これはロケだから待ちはあるけど、台詞ありだ」

　どうせひと言だろうが、若い連中がいろめき立った。俺たちが見ぬふりをして通りすぎようとすると、

「トメさん、この前の『江戸の嵐』評判良かったよ、これどう？」

　大川が台本を放り投げてきた。トメさんは銀ちゃんの手前、あわててかぶりを振って大川に投げ返した。

　ふだん口じゃあ「銀ちゃんの斬られ役、殴られ役以外やりたくない」と言ってるてまえ、何となく気まずい雰囲気になり、銀ちゃんをせかせて逃げるように階段を駆け上がった。

　そうでなくても、銀ちゃんはさっきから不機嫌《ふきげん》なのだ。俺が「階段落ち」やるって言ったときには、あんなに喜んでいたのに……。

「ヤス、どうして『階段落ち』を断わらなかったんだ。俺の立場上、ああいう成り行きで決まったが、俺はおまえが断われば、いつでもやめるつもりだったんだ。おまえの人の良さがああいう結果になったんだ」

　銀ちゃんは大部屋のじとっと湿った畳の上にあぐらをかくと、そういって俺を睨みつけてきた。自分でそうし向けときながら、すっかり俺が出しゃばったってことにな

ってるんだよ。

これからがわからないんだ。

銀ちゃんはみるみるうちに涙声になり、大粒の涙をボロボロ流し始める。唐突なんだよ。ふつうはさ、喋《しゃべ》ってるうちに感極まってきて、どうしても押さえられなくなって涙が出るのに、銀ちゃんの場合、口を開いたとたんボロボロだもんね。

「おまえにもしものことがあったら、俺は人吉《ひとよし》のおまえのおふくろさんに、なんて詫《わ》びたらいいんだ。汗水垂らして働いて、やっとこれから幸せになろうって時に、なぜおまえが死ななきゃいけないんだ」

いつものように、「おまえそれでも人間か」が始まり、俺たちは正座してうなだれて聞くだけ。

「水臭いよ。おまえの妹の結婚式の時だってそうだよ。俺はロケで久留米《くるめ》にいたんだぞ。人吉っていや、一つ山こしゃすむんだろうが、なんで知らせてくれないんだ。まあ確かに俺はそんなに売れてなかったよ。だけど、そんな俺でも、ちったあ知ってる人もいただろうが。結婚式場の前に、『倉丘銀四郎』ってでっかい花輪でもありゃ、ハクもついて、おまえんとこの不細工な妹だって、肩身の狭い思いしなくて済んだろうが。つまんねえ田舎の結婚式も、その花輪ひとつで華やかにもなるだろう。俺が行って、ひとこと挨拶《あいさつ》でもして、花婿と花嫁と肩組んで写真の一枚も撮りゃどんなに喜んだことか。花婿によ、『テメエ、ヤスの妹泣かせるようなことしたら承知しねえぞ』って、ドス利かせときゃ花婿だってやる気出すぜ」

「いや、忙しいと思って……」

「バカヤロー、可愛いおまえの妹の結婚式より忙しいことがどこにあるんだ、映画か！　撮影か！　アフレコか！　見損なうんじゃねえ！」

これが手だってのはわかってんだけど、ジーンとくるんだよね、こういう言われかたが。

「太《ふとし》だってそうだよ。おまえのおふくろさんの誕生日に、俺が磁気マットレス送ってやってどうすんだよ。本来なら、おまえが送ってやるのがスジだろうが。母の日に、おまえらのおふくろみんなにかける電話代だってバカにならねえんだぞ」

と、一人ずつ、名ざしで説得して回るんだ。

「マコト、少年院に入ってるおまえの弟にさ、俺、面会に行ってやってるんだよ。あいつだって、本当は兄ちゃんにそういうことをしてもらいたいんじゃねえのか。なんで俺が文通してやらなきゃなんねえんだよ」

一回手紙出すと、もう文通になるのね。それに、俺が代理で面会に行ったのに、自分で行った気になってるんだ。どんどん熱が入ってきて、憑《つ》かれたように喋り続けるうちに、喋ることが快感になってきちゃうんだろうね。

「トメさん、あんたの妹の足、治った？」

「えっ？」

「ほら、交通事故に遭《あ》ったじゃない。覚えてないの。あんたたち実の兄妹なの」

交通事故ったって、そんなの三年も前のことでトメさんだって忘れてるよ。だけど銀ちゃんは、自分が覚えていてトメさんが忘れていたことが、よほど気に入らなかったのか、その時渡した見舞金を返せとまで言い出し、トメさんは泣き出してしまった。あげくは、俺たちみんなに、「おまえたちは、俺の気持ちをちっともわかってくれない」とさんざんグチり、でもそのあと、急に憑き物が落ちたみたいに、すっきりした顔をしてスタジオに戻って行った。クソミソに言われ、トメさんはすっかりしょげている。でもいいんだよ俺たちは、銀ちゃんさえ元気になれば。


昼間あれだけ殴られたってのに、酒を飲んで、そのまま風呂に入って暖めたのがいけなかったんだろうか。アパートに帰って寝てると、背骨のつけ根のあたりがズキズキ疼《うず》き始めた。酔いが醒《さ》めるにしたがって、それが腰全体にひろがってキリで刺されるように痛い。

それでも、うつらうつらしていると、案の定十時過ぎ、大家に電話ですよと起こされた。

「昼間すまなかったな。俺も、ひくにひけなくって。痛むか？」

「なにが痛むんですか」

俺は痛さをこらえて空っトボける。

「銀ちゃん、遠慮することありませんから、ガンガンやってくださいよ。銀ちゃんが主役の映画なんですから。俺たちは足腰立たなくなっていいんですから」

「そう言ってくれるとありがたいよ」

「どうでしょう、四十三シーンは、竹光なんかじゃなく真剣でやってみませんか」

「無茶言うなよ」

「銀ちゃんのためだったら、俺なんか死んだって構わないんですから、そこんとこお互い確認しときましょうよ」

「おまえだけだよ、そう言ってくれるの」

「いやあ、トメさんだってマコトだって同じ気持ちですよ」

「ちょっと出て来ないか、俺、今『ししとう』にいるんだけどよ。トメさんに言い過ぎたと思ってな。お詫びにボトル三本入れてやったよ」

こういうとこ、マメにやさしいんだよね、銀ちゃんは。だから、俺にもきっと電話がかかってくると思ってたんだ。

「ついでになあ、朝日新聞の夕刊を買って来てくれないか。俺のことが載っているらしいんだよ」

「また女ですか」

「バカバカ、朝日だぞ。『新撰組』のことだよ、みんなで読もうぜ」

「すぐ行きます」

電話を切ったものの、こんな遅くに新聞屋なんかやってるわけないし、駅の売店だってとっくに終わってる。駅周辺のゴミ箱もあさってみたけど、きれいに片づけられていて、仕方なく河原町《かわら》に出てスナックを片っ端から聞いて回り、四軒目にやっと客が捨てて行ったのを見つけることができた。

タクシーの中で探してみると、芸能面の隅に小さな囲みで『新撰組』がクランクインしたという記事が載っていた。銀ちゃんについては初めての主役ということだけで、写真も撮影中のスナップと、テレビから今回初めて映画をやる大道寺監督のもので、監督の談話ばかりやけに目立つ内容だった。

期待していた俺は無性に腹が立って、思わず、

「急げよ、カネはあるんだからよ」

とタクシーの運ちゃんをせかした。その俺の口調、銀ちゃんそっくりなんだよ。いつのまにか銀ちゃんの口調が移ってるんだよね。

『ししとう』の前には銀ちゃんのベンツが止まっていて、運転手役の太が肩をいからせ、ノラ猫に車体をひっかかれないようにと見張っている。

『ししとう』っていうのは、トメさんの奥さんのカヨさんがやってる間口一間ばかりの小料理屋で、どんな料理にも〃ししとう〃が使ってあるのが名前の由来。唯一俺たちがツケで飲める店なんだ。

ドアをあけると、風呂あがりらしいボサボサの髪で、べっ甲ぶちの厚い眼鏡をかけたパジャマ姿の銀ちゃんが、カウンターの隅のピンク電話に寄りかかるようにして、新聞片手にわめき散らしていた。

「こんな記事じゃ、俺が押さえても、みんなはおさまりゃしないよ。マコトなんか俺に、もうこの映画降りて下さいって言ってんだよ。いくらお江戸のテレビで芸術祭賞とったかもしれないけど、ここは京都なんだからよ。昭司、てめえは何年、助監やってんだよ。京都の人間のくせに監督の肩持ちやがって、きさまスパイか」

銀ちゃんの隣で、氷が溶けて薄くなったジュースをすすってたマコトが、俺のために席をあけてくれ、俺がカウンターの下に新聞を隠すと、

「知り合いに新聞屋がいたもんですから」

俺より先に新聞持ってきて気がひけたのか、しきりに酒をすすめてくれる。

「ねえヤスさん、いくらなんでもこれじゃ銀ちゃん格好がつかないですよね。書いたのは内田って記者らしいんですけどね、大道寺の知り合いだってとこまでは、いま銀ちゃんが助監に吐かしたんですよ」

銀ちゃんは、いよいよ大声になり、

「ほうほう、ヤスもきたよ。こりゃ大変なことになるよ。俺は主役だからガマンできるけど、俺可愛さにつきあいで出てくれてる播磨《はりま》屋の大将がこの記事読んだら、ただじゃ済まさないよ。大道寺は俺とやりたいのか、やりたくないのか、敵か味方か、はっきりさせてもらおうじゃないか」

いまにも殴り込みをかけそうな勢いで電話をきると、俺の方を見もせず、目の前に新聞を引き据え舌打ちしながら記事を睨みつけている。そして、「ちょっと待てよ、おかしいぞ、この記事」などとブツブツ独りごちたり、「やべえな、こう書かれちゃあ。……すると、こういう風にも解釈されちゃうじゃねえか」と、大きな声で気にい

らないところを読みあげたりする。記事はほんの二十行ほどなんだけどね。

「あっ、またた、ティッシュ、ティッシュ」

よほど根を詰めて読んだんだろう、遂に鼻血まで吹き出しちゃって。これ、銀ちゃんのクセなんだよね。子供みたいに、すぐのぼせちゃうんだよ。俺たちは慣れてるから驚きもせずティッシュをさし出した。

銀ちゃんはティッシュを丸めて鼻に詰め込んで、ようやく落ち着いたのか、

「ヤス、どうだ、新聞あったか。どうするヤス、このオトシマエはよ、おまえもくやしいんだろう。で、体の具合はどうだ」

言ってることはメチャクチャだけど、俺に気を遣ってくれてることは確かなんだよ。

「しかし、なんてったって朝日新聞だ、スポーツ新聞とわけが違うからな。でも、まあいいか。よし、もうこの話はなし。あとはジャンジャン飲もう。いつまでも気にしたってしょうがないもんな」

いつもの酷《はげ》しい落差を見せつけ、銀ちゃんが新聞を叩《たた》きつけて便所に立つと、カヨさんがカウンターから身をのり出してきた。

「ヤスさん、『階段落ち』やるんだって……」

「まあね」

「よしなさいよ、死んじゃうわよ」

「大丈夫だよ」

「銀ちゃんが無理矢理やれって言ったんでしょ」

「違うよ、俺が申し出たんだよ」

カヨさんの心配そうな顔を見れば見るほど、俺はしだいに心がはずんできた。俺と銀ちゃんのつながりなんか、だれもわかりゃしないさ。

マコトから、

「ヤスさん、映画バカだからなあ、でも、俺そういうヤスさん尊敬しちゃうんだよね」

なんて言われると、俺はもう昼間の傷の痛みなんかふっ飛んじゃうのよね。

便所から出て来た銀ちゃんは、神経質そうにおしぼりで指の一本一本ていねいに拭《ふ》きながら、

「俺、小便しながら考えたんだけど、とにかくこの映画、時代劇なのに沖田と坂本龍馬がホモだとかって、新しい解釈が多すぎるんじゃねえか。それにこの新聞の談話だって、滅びゆく新撰組の、集団としてのエネルギーを表現してみたい、なんて書いてあるし、俺の映画じゃないみたいなんだ。どうも初日から群衆の場面が多いんだよ。

俺のアップを撮ってるふりして、裏で細工してるんじゃないか。しかし、文句言おうにも、大道寺は理論で来るからなあ。俺、漢字だって〝祭〟と〝正月〟しか読めねえしな。ハハハ、それで主役張ってんだから文句言えねえか」

するとマコトは、口をとがらせ、

「理論でいくなら、映画の生き字引きのヤスさんがいますよ」

「バカ、大道寺は東大の美学出なんだよ。ヤスは日大じゃねえか、勝ち目はねえよ」

「東大、東大って言いますが、東大出て新宿でルンペンしてる人はいっぱいいるって、うちのオヤジが言ってましたよ」

「おまえは岩手の集団就職上がりで、学歴にコンプレックスがあるからな。オヤジさんは、気を遣ってそういう話をしたんだよ」

「うちのオヤジは一徹な人間で、気を遣うなんてことしませんよ。事実、東京に行って何人もそういう人間を見て来てるんです」

「とにかくマコトはあんまり喋るな。東北の人間が喋んの、好きじゃねえんだ。東北は冬じっとしていて、雪が溶けるのを待って喋り始めるだろう、うるさいんだよ」

カヨさんまで吹き出したものだから、マコトは顔を真っ赤にして声を荒らげた。

「でも、エイゼンシュテインやらせたらヤスさんの右に出るやつはいないって評判ですよ。大道寺なんか問題じゃありませんよ」

「バカ、大道寺は専務にとり入って次の仕事も決めてるって話だぞ。だから俺も、変に逆らえなくって、苦しんでんじゃないか」

「銀ちゃんがそう弱気じゃあ、『階段落ち』やらかそうってヤスさんが浮かばれませんよ。そうでしょう、ヤスさん！」

「いや、俺はいいんだ」

あわててマコトを抑えようとしたけど、マコトのやつ、ますます調子づいて喋りまくるんだ。

「それに銀ちゃん、ヤスさんは今度の仕事のためにテレビのレギュラー断わったんですよ」

「そりゃ初耳だな」

銀ちゃんの目がキラリと光った。

「銀ちゃんには言うなって、口止めされてたんですけどね」

「ヤス、なぜ断わったんだ」

得意気に言うマコトを制し、銀ちゃんはゆっくり体を俺に向けてきた。

「今は銀ちゃん主役張ってるときですし、それに俺、テレビ毛嫌《けぎら》いしてるの、銀ちゃ

ん も知ってるじゃありませんか」

「そりゃ、わかってる。で、どうなんだ、テレビのレギュラーってのは本当に来てたのか。俺がプロデューサーだったら、絶対におまえなんか使わないけどな。画面が暗くなって仕方がねえもんな」

「話だけですよ」

俺の額には冷汗が滲《にじ》み出ていた。

「ほう、話はあったのか。誰だ、担当は。明日、俺が聞いてみてやるよ」

「いえ、企画の段階でつぶれたやつです」

嘘《うそ》なんだよね。ただオレが銀ちゃんのためにどれだけ一生懸命か、マコトたちにわかってもらいたくって、つい。

「もしそれが本当だとしたらヤス、おまえの気持ちはありがたい。が、あんまり俺に義理立てしなくったっていいんだぜ。人間はまず、自分のことを考えなくっちゃ。それから余裕があったら、他人のことを考えればいいんだ」

「すみません、つまんないこと耳に入れて」

「つまんなくないんだよ、もしそうなったら俺は嬉《うれ》しいんだよ、なあ、トメさん」

と今度は、子供を寝かしつけ、二階から降りて来たトメさんに当たりはじめた。

「はっきり言っておきますがトメさん、俺はあんたたちをひいきにしています、仕事も取って来てあげてます。けどあんたたちは、別に義理とか恩を感じる必要はないんですよ。俺は俺のためにそうしてるんだから、あんたたちは自分のやりたいことをやりゃあいいんだから、俺は関係ないんだから」

銀ちゃんぐらいにならなければ、やりたいことなんてやれないよね。それに大部屋に十年いて、毎日殴られ、蹴られてばっかりいると、何がやりたいのかわかんなくなっちゃってるんだよ。

顔だちにしろ、性格にしろ、スターさんはスターさんになるように生まれてきて、脇は脇をやるように生まれついてきてるんだよね。銀ちゃんにしろ、橘さんにしろ、俺なんか、人種が違うと思うもんね。

「タケシがいい例だよ。あいつは今夜だって家にいたんだよ。一緒に飲もうって言ったって来やしない。大野木から仕事もらってるから義理立てしてんだよ。あいつは中央の法科中退で、インテリで冷たいところもあるけど、はっきりしてる分、気持ちがいいよ」

「タケシと俺たちを一緒にしないで下さい！」

俺は思わず叫んでいた。

「そうですよ銀ちゃん、タケシが陰で銀ちゃんのこと何て言ってるか知ってますか。ヤスさんはこの前つかみ合いのケンカまでしたんですよ。それをそんな風に言われたらボクらの立場がありませんよ」

　マコトもくやしそうにカウンターを叩いた。

　カヨさんが、のれんを仕舞い、

「もうかんばんですから、あとは明日にしてくれませんか」

と言うと、銀ちゃんは赤く充血した目で、カヨさんに向き直った。

「かんばんだあ？　カヨさん、あんたが俺を毛嫌いしてるのは知ってるんだ。でも、こうやってこの俺が年上のトメさんに敬語使ってんだから、あんたももうちょっと対し様があると思うんだよ」

　銀ちゃんは相当酔ったみたいで、スツールから半分落っこちかけている。

　トメさんが、

「すいません、いつも言い聞かせてるんですが」

「うるせえ、モーロクジジイ。だったら、てめえの女房に俺に対しての言葉遣いの一つも教えろってんだ」

　銀ちゃんは、手にしたぐいのみを力まかせに壁に投げつけた。

「トメ、てめぇが楽屋で俺の背広から千円、二千円の金くすねて馬券買ってんの知ってんだよ。こすっからい野郎だよ！」

銀ちゃんの悪口ってのは、相手の立つ瀬を失くさせるからね。

「盗人のくせに、いっぱしの役者面をするんじゃねえよ！」

俺は耐えきれずコップ酒を一気にあおり、カウンター越しに包丁を抜き取った。

「銀ちゃん、俺たちのなにが気に入らないんですか。だれかぶっ殺してきますか。俺、今から大道寺をブチ殺して来ます！　どうして銀ちゃん、俺たちの気持ちわかってくれないんですか。俺、銀ちゃんのためだから、『階段落ち』までやろうとしてんじゃありませんか」

言葉とは裏腹に、俺はガタガタ震えてたんだよ。大好きな銀ちゃんのために、ひと一人殺したってどうってことないはずなのにね。むしろ、そうなったらいいなって、いつも思っていたのに。

II

世の中には生まれつき殴られやすい奴、当たられやすい顔ってのがあるんだろうね。

俺がそうだよ。

撮影所を歩いてて、すれ違いざまに足蹴られたり唾吐きかけられたりするのはしょっちゅうなんだよ。そのたび、「エヘヘ、私は害のない人間です」って這《は》いつくばっているんだけど……。その顔がまた癇《かん》にさわるんだろうね、また寄ってたかって殴る蹴る。

銀ちゃんだけじゃなく、他のスターさんだって「カーット!!」って声を聞いても、こめかみに青筋たてて、バシバシガンガン、どうにも止まらないってやつよ。

でも、

「今日は出がけに女房ともめて、むしゃくしゃしてるから、ヤスでもひっぱたいて景気づけするか」

ってことで場が盛り上がり、

「ヤスの馬面は、本気で殴っても、全然こっちが悪いって気がしないんだよ。むしろ、白眼で下から見上げるあの卑屈な目を見ていると、殺してやろうって気になるんだから、いい映画も撮れるよ」

と、重宝がられるようになってんだから、もう大部屋の十年選手としての使命は全うしてるってことだよね。

だけど、どうしてなんだろうね。鏡で見ると、ひょろりと長い首に、人の好さそうな馬面が乗っかってて、ガラス玉がポッコリとはまったように丸くてキョトンとした目で、結構愛嬌《あいきょう》のある顔してると思うんだけどね、自分では。

それなのに、子供の頃から、しょっちゅういたぶられてばかりなんだ。

忘れもしない、小学校五年生の時だよ。俺が野球のバット買ってもらった時だ。熊本の人吉《ひとよし》の山奥のことだから、グローブっていってもファーストとキャッチャーが持つぐらいで、バットなんかそのへんの丸太けずったものを使ってたよね。いつもグズで仲間はずれだった俺が、新品のバット持って行ったもんだから喜んでくれて、仲間に入れてくれたんだよ。応援させてくれるだけでいいって言っても、無理矢理ライトで九番に入れられたんだ。俺はひたすら球が飛んで来ないことを祈ってた。みんなはエラーしても「ドンマイ、ドンマイ」って励ましてくれた。たまに俺がボール取ったりすると全員でバンザイしてくれたりしたんだ。俺はほんとに嬉しかった。

ところが、ヒロシって子がバッターボックスに入ってる時、その新品のバットが突然折れちゃったんだ。びっくりしたけど、俺にとってどうってことないんだよ、そんなバットなんか。

「かまわないよ、さっ、続けよう」

俺がみんなを慰めようとしてもシーンとしちゃってね、折ったヒロシは泣き出しちゃって、野球は中止になり一人帰り二人帰り、とうとう俺一人取り残されて、子供心にもう死にたい気分だった。

次の日学校へ行くと、ヒロシが学校休んじゃってて、みんな俺のことを冷たい目で見てるんだよ。そのうちクラス中がヒロシが可哀想《かわいそう》だって雰囲気《ふんいき》になってきて、俺は先生に呼び出されて、

「バットくらいでグチュグチュ言うんじゃない」

って殴られたよ。だけど俺、なんにも言っちゃいないんだよ。

「その上、バットぐらいかまわないって言ったんだって。いいな、金のあるうちは」

とまで言われたよ。

先生の言う言葉じゃないよね。そんなつもりで言ったんじゃないんだ、俺は。

ヒロシの家は、田んぼも小さくてね、バット買う余裕なんかありゃしないのに、ヒロシがあんまり家で黙りこくってるもんで、見かねてオフクロさんがバットを弁償してくれたんだ。ヤギ売っただの、ヒロシが新聞配達始めただの、そんな噂《うわさ》がパッとひろがって、俺もうたまんなかったね。

俺が初めて銀ちゃんと組んだのは、『純情一番街』って安手の歌謡映画だった。銀ちゃんの役どころは、主人公を助ける無口な流れ者で、準主役ってところだったかな。

「おまえは殴りやすいなあ、気に入ったよ」

「はい、ありがとうございます」

「おまえは日大の芸術学部なんだって」

「はい」

「その日大が大部屋か」

「はい」

「俺は中卒だからなあ」

「僕、俳劇で倉丘さんの後輩にあたるんですよ」

「だからおまえには、役者としての華がないんだよ」

そう言って、俺の顔をシゲシゲとのぞきこんだ。

それからは、人に紹介するたびに、

「こいつ新劇やってたから華がなくて」

となっちゃった。

「倉丘さんの芝居観たことあります。チェーホフの『かもめ』のトレープレフ、良かったですよ」

「いいか、ああいうのが。おまえ変わってるな。しかし、チェーホフって辛気くさくってなあ。さすがあんときはまいったよ。どうにも俺の体質に合わなくてな。ジンマシンができたよ」

いま思い出しても笑っちゃうけど、トレープレフという、自殺してしまう苦悩に満ちた文学青年の役なのに、客に流し目を送ったり、正面を向いてやたらに大きなギョロ目をむき出して見得きったりで、初めから終わりまで舞台で浮きっぱなしだったけど、お客にはヘンにウケてた。

「とにかく、俳劇は討論が長いからな。演劇論ばっかりで演劇がないんだ。総会ばっかりで、稽古《けいこ》する暇がねえんだもんな。話し合ったってしょうがないんだよな。まず舞台出て、ウケてんのかウケてねえのか見てみなきゃ。サルトルと実存もいいけどよ、まずやっておもしろくないだろうが。だろ？　やってる役者がしんどいもんを客が観ておもしろいわけないもんな。あの時期が俺にとって唯一ブラックホールよ。しかしなんたって俺たち舞台出身だから、なめられないようにしようぜ」

「はい、よろしくお願いします」

「よし、おまえ、俺の専属にしてやるよ」

この人についていけば、何かが変わるという気がしたんだよ。銀ちゃんは、ほかの人とはちがったから。ほかのスターさんだったら、殴ったあと、パッと我にかえって、スタッフの目なんか気にしてきまり悪そうに小銭握らせて場をつくろうんだけど、銀ちゃんは殴りっぱなしの蹴りっぱなし。むしろ、終わったあと、

「早く起きてタバコ買って来んか」

って、俺たちに自腹切らせてタバコ買って来させるんだからね。でも、銀ちゃんのそんなとこが逆に信じられて、この人についていこうって思ったんだ。俺を殴ってるうちに、目が変質者みたいに吊り上がり、しだいに顔が青ざめてきて、俺、怖さと痛さで、このままいったら殴り殺されるんじゃないかと思うことがしょっちゅうだったけど。なにせ銀ちゃんは、助演男優賞を二度ももらったくらいの迫真の演技なんだから。

ほんとうに俺が銀ちゃんに殴られると、迫力のあるいい映画が撮れるんだよね。銀ちゃんも殴り殺す気でやってくれるし、俺だって殺されるんじゃないかって、何度も錯覚することもあったよ。一緒に組んで、俺のカットがボツにされたことってなかったね。俺のカットっていったって、俺なんか映ってなくて銀ちゃんのアップなんだけど……。

でもね、俺はこれでいいんだって納得してんだよ。バキーッと殴られて、そりゃ痛いよ。だけど心ん中に『蒲田行進曲』のメロディ流してさ、「ウッ」とふんばるんだ。昔咲いた花の蒲田の、大部屋の心意気を俺一人で汲んでるつもりだよ。

冬になると、左肩の傷が痛んだりするんだけど、これは銀ちゃんに『掟《おきて》』の時に真剣でやられた痕《あと》なんだ。

「おいヤス、竹光だと気分乗んないから、真剣でやらねえか」

「あ、いいですよ」

軽く受けるもんだから、監督なんか俺に「さん」づけよ。怖いけど、そうやって俺を引き立ててくれてると思うと、怖さなんて吹っ飛んじゃうんだ。

「じゃ、思い切りやって下さいよ。はい、スタート」

調子に乗って、自分でキュー出したりして。そして、本当に背中かすったんだよ。

ま、言ってみればこの傷は、俺の勲章というところかな。噂を聞いて他にスターさんからも御指名があったけど、「銀ちゃんに聞いてみないと」って言って俺は殊勝に断わってるんだよ。銀ちゃんだって、

「ヤスにも困りもんだ」

と口じゃ言ってたけど、まんざらでもないよね。俺、好きなんだよね、こういう関

係が。

普通、銀ちゃんクラスの俳優さんになると、大部屋の俺たちになんか、ハナもひっかけてくんないんだけど、銀ちゃんはよく、大部屋に遊びに来てくれるんだよね。そして俺たちをすきやき食べになんか連れてってくれるんだ。まっ、それだけ他のスターさんたちから相手にされていなかったんだろうけど……。

そんな時はタクシーの中からもう大騒ぎ。

「ようし、すきやきの唄を歌おう。ホレ、〽スキスキ、ヤキヤキ、卵をどっちゃりつけましょう」

銀ちゃん指揮の大合唱で、俺たち四条のすきやき屋にくり込み、坐《すわ》ったか坐らないかのうちに、銀ちゃんは、

「おばちゃん、肉をありったけ、どっさり持ってきて。もう、こいつら、食うからね、底なしだからね。どんどん肉持って来て。どんどん」

俺たち、がんばるよ。勝負はうまいまずいじゃないからね。いかに盛り上げるか、だからね。

「どうしたんだ。遅いなこの店は。裏の牧場に牛つかまえに行ってんじゃねえのか」

「とにかく実物を見てみねえと、オラ信用しねえ」

ってトメさんもマコトも太も大はしゃぎ。銀ちゃんって、俺たちが喜ぶと、ほんとに嬉しがるんだよ。

「おう来た来た。さあ、どんなもんだ、おまえたち、まいったか、マコト、おまえあんまりなつかしくて泣いてんのか。これが肉だよ、肉。あいさつあいさつ。みなさん見て下さい、この貧乏人どもを。肉を見て腰抜かしてやがら」

「おなつかしゅう存じます。つつがなくお暮らしですか？」

全員正座して挨拶よ。でも内心は、最後に残る肉の一切れをだれが食べるのかヒヤヒヤなんだけどね。

儀式も終えて、もう煮えたかな、と俺が肉に箸《はし》のばすと、とたん、

「まず、野菜でいいだろうが」

銀ちゃんが睨みつけてるんだ。もうドキーッとしちゃって、取った肉を白菜の下に戻しちゃうんだよね。マコトは箸を割っただけなのに、

「ガッつくんじゃねえ、肉は腐るほどあるんだ。何て食い意地の張った東北ヤロウなんだ」

ごちそうするってことに関しては、かなりの美学をもってるからね、銀ちゃんは。

「しかし、太はふとったなあ。何食ってそうふとったんだ」

太は別に、ここに来て急にふとったわけじゃなくて、前からふとってたんだよ。

「太、体重はいくらあるんだ?」

「八十五キロです」

「いかん、失敗した。太は連れてくるべきじゃなかった。こいつが、ほっときゃブタみたいに食うんだよ。食ってすぐ胃薬飲んで、横になって、また食うだろ、悪循環なんだよ、こいつは。味もなにもありゃしねえ」

こうなると、来た時とうって変わって沈んだ空気になっちゃってね。食べなきゃ食べないで銀ちゃんが機嫌そこねるので、トメさんがそろっと野菜に手をのばしかけると、

「だから、野菜ばかり食べろと言ってるわけじゃないんですよ。あなたがた、栄養が偏《かたよ》ってるんだから、急に肉なんか食うと腹くだすから、野菜も混ぜろと言ってんです」

それでも俺たちが、肉に手を出せないでいると、

「どうしたんだ、肉が嫌いなのか。まったく大部屋のバカどもが、度胸がないもんで肉も満足に食えやしねえ。肉を食わんか!」

って怒鳴りつけるんだ。それで頃合見計らって脂身《あぶらみ》の多い白い切れ端を争って奪い合うわけよ。でも銀ちゃんはチラチラと、肉の枚数は確実に数えてるんだよね。

銀ちゃんは、自分はもう肉は食い慣れてるからって、ピチャピチャ音たてて早いんだよ。さんざ食って、腹いっぱいになったあげく、壁に寄っかかり、お茶で口をすすいで、つまようじチューチューいわせて、お尻を浮かせて屁までこくんだから。

「いいな、すきやきだから、屁こいても」

まだ肉が残ってる鍋《なべ》を見て、

「あれ、なんで残ってるの？　どうしたの？　てめえらナメた真似しやがって。俺のおごりじゃ食えねえってのか。肉食え、食わんか！」

銀ちゃんはいきりたって、真っ赤な顔して立ち上がったの。バンドをゆるめてあるから、ズボンがずり落ちそうになるのにも気づかず、大声で怒鳴った。

「おい、全部食え！　ひとから出されたものは残らず食べる、これが礼儀だ。それとも、一人前に好き嫌いでもあるのか。おまえら、貧乏人のくせしやがって生意気だぞ」

俺たち、赤だしとお新香でメシ食って、もう腹いっぱいなんだよ。

「残すんなら、すきやき食いたいなんて金輪際言うな。どうなってんだ、おまえらの神経は。情けないよ、俺は。殴られたり、火かぶったりしてて大変だから、肉でも腹いっぱい食わせてやろうと思ったんだぞ。コースの他に肉だけ余計にとったんだ。だったら初めっから人数分だけ注文すりゃよかったんだよ」

とにかく煮詰まって黒く固くなった肉を食えるだけ必死で食うんだけど、腹いっぱいでゲップをこらえるのが大変で、気持ち悪くて脂汗が浮いてくる。

「チェッ、しかたねえ、いいよもう食わなくても。おばちゃん！　ちょっと、この肉、おみやにしてやってよ。折詰にご飯入れて、お新香つけて、夜食に食べられるようにしてやって。えっと、それと、トメさんとこは女房もちだから、二つにしてくれ。それにヤスは今夜食ったら明日の朝、食うもんがないだろう。つごう六つね。えっ!?　折詰代五百円もかかるの!!　たまらんぜ、バカ連れて歩くとよ。全く無駄な金がかかってしゃあねえよ」

俺たち、もう早く帰りたいって、ただそれだけなんだよ。とにかくここを出て、反省するところは反省しよう、と。

そこへ、まるで銀ちゃんの怒りを逆なでするように、

「デザート、どうします？」

すきやきを折りに詰めながら、最初から一言《ひとこと》多そうでヤバイなと思ってたおばさん

が聞いたんだよ。

銀ちゃん、鼻の穴をふくらませ、じっと俺たちを、まとわりつくような目で見まわした。

「なに、デザートだあ、でもまあ果物もとらなくっちゃな。これだけ肉食ったんだから、コレステロールが溜まっちゃっていかん。そのデザートっての、新鮮なビタミンCは何があるんだ」

「メロンとイチゴがございますが」

「どっちにするんだ、おまえら」

イチゴと聞いて、俺たちホッとしたよね。

「イチゴがいいんじゃないですか」

「イチゴにきまり。俺、イチゴ大好きだもん」

「メロンなんて、おのぼりさんの食べるもんよ。はっきり言ってイチゴはやっぱりCが多いもんね。イチゴの方が安いんでしょ?」

「値段は同じなんですけどねえ」

そのおばさんの言い方に、耐えてたもんがいっぺんに吹き出したように、トメさんが真っ赤になって立ち上がった。体がブルブル震え、薄くなった髪の毛が頭から立ちのぼる湯気でフワリと浮いたようになった。

「われ！　おんなじってことはないやろ！　わいらおちょくっとんのか、なんでメロンとイチゴが同じ値段なんや」

トメさんはおばさんを平手で力いっぱい殴りつけた。

「ボルんか、この店は。支配人呼べ、支配人を。なんでおなじ値段やねん。メロンの方が高いに決まっとるやんけ。ワシらがこんな格好してるからってなめたらあかんで」

トメさんはおばさんを追っかけていって、泣きながら、おばさんに馬乗りになって首を締めだした。

「最初からおまえの態度は気にくわんかったんや。わてかておまえかておんなじ人間やないけ。なんで差別するんや。メロンとイチゴがおなじなら、なんでうちの息子がメロン、メロンって言うとんのや。メロン買ってくれ、メロン買ってくれって、店の前に坐って離れへんのやで。イチゴなんか、うちのカカアの実家に行ってみい、なんぼもなっとるわい」

「トメさん、ここはこらえや、こらえや。わてらかてくやしいんや。けど銀ちゃんの前やで、めったなことしたらあかん」

半狂乱のトメさんを、俺たちがなだめたが、

「バカにしくさって！　おのれかて百姓の出やろ！　百姓は百姓で助けおうていかないかんのに」

トメさんは逃げようとするおばさんの髪をわしづかみにして、ポカポカ殴りつけた。だけど銀ちゃんは、

「止めることはない。ここはトメさんに思いきりやらせて、後腐れのないようにした方がええ」

と腕組みしてじっと目を閉じ、妙に落ち着いてるの。そして奥から飛び出してきた支配人に、

「支配人、すまんことしたな。こいつら、こういう席は慣れとらんで、気い悪うせんといて。おわびと言ったらなんやけど、メロン二十人前ばっか持ってきてや。それからバケツや！　真ん中において。いっぺんこいつらに好きなだけメロン食わしてやろうと思いましてな。スプーンなんかいらん、かじるんや。さ、おまえら、メロンと思うからいけねえんだ、スイカと思え」

真ん中にバケツ置いて、食ったメロンを放り込んでると、メロン食ってるというより、川原で車座になって釣《つ》った魚を食ってるみたいな感じだよね。

お通夜みたいにしてメロンにかぶりついてるなかで、額をテカテカさせたマコトだけ、顔じゅう笑顔で、

「俺、メロン食うの生まれて初めてなんです。うまいですね」

「静かに食え！」

ビチャーッ！　と銀ちゃんのメロンがマコトの顔に飛んだ。でもマコトは初めてメロン食べる嬉しさを隠しきれず、うつむきながら、クックッしのび笑いしてんだよね。

「トメさん、あんた出っ歯やから食べやすくていい具合ですね。昔、歯で牛乳のフタあけませんでした？」

「バカヤロー！　静かにしろって言ったろ！」

とメロンがまた飛んだ。今度ははずれて、近くの席にいた二人づれの女の方の顔にあたってそれがブーメランのように飛んで、となりの家族づれの子供に命中し、子供は火がついたように泣き出した。

客が二人帰り、四人帰り、静まりかえった店に、カシュカシュってメロンかじる音とチュウチュウ汁を吸う音だけ、お通夜みたいに響き渡ってたよ。

で、勘定書をもらうと銀ちゃんは、

「七万八千円か。……よし、一人三百円出せ。おまえたちもその方が気持ちいいだろ

う。ただおごってもらうということじゃなく、少し出したという。な、気持ちだよ、参加してるという気持ちな」

一人三百円ていっても、俺たち四人で千二百円よ。七万いくらも払うんだから、千二百円くらい関係ないと思うんだけど、そうやって集めて百円玉を手のひらでチャラチャラ鳴らしては満足そうにうなずいているんだよ。

「ない奴は貸すぞ！」

太が、百円玉がなかなか見つからなくてぐずぐずしてると、

「どうする、太。俺から借りるか？」

「いや、トメさんに借ります」

「キチッと返すんだぞ。よし、そうだな、明日の十二時までに、きちんと耳をそろえてトメさんに返せ。なあなあでやりやがると承知しねえぞ。トメさん、ちゃんと返してもらったら俺に連絡してよ。でだ、太、おまえはもう千円ぱっかし出せや」

「メロンはみんなと同じ六つしか食ってませんよ」

「メロンじゃない、卵なんだよ」

「え？」

店じまいにかかった支配人がのれんを手にしたまま、今度は何が始まったのかと、

いぶかしげにこちらを見ていた。

「ひとからすきやき御馳走になった時に、卵をむやみに追加するというのは感心せんぞ」

「でも、トメさんだって」

「確かにトメさんも卵は追加した。だがな、トメさんの場合は、俺から、『卵がなくなったんじゃないか』って聞かれて、『けっこうです、私は』って断わり、それを俺が、『まあまあ、つけるとおいしいから』という段取りをふまえた上での、卵のおかわりだったんだ」

　トメさんは、自分の名前が出て一瞬ビクリとしたが、ホッとしたように肩で大きく息をついた。

「トメさんはなぜ俺に対して遠慮したんだ。俺が金を出すからだ。しかし、デブ、キサマの場合、御馳走してる俺の方をチラリとも見ずに、大声で『おばちゃん！卵！』だった」

　まだ名前の出ていない俺とマコトは必死で、タクシー乗ってからここまで、何かどじ踏んでないかをあれこれ思い出していた。

「金の持ちあわせがある、なしじゃないぞ。たった今、この場で千円出してもらう。

なきゃ俺たちここで待ってるから、これから家に取りに帰って持ってきてもらう。それがスジというもんだ。おまえ、カメラ持ってたな。質屋入れて千円つくってこい。タクシー代がなかったら歩いていけ。朝まででも俺たちはここで待つ」

　とにかく、気を許すことのできない人なんだよ。

　断言しとくけど、決してケチってわけではないんだよ。むしろ気前はいい方なんだ。だけど、細かいし、むずかしいんだよね。たとえば、銀ちゃんのところでみんなで楽しく飲んでたりしてて、みんな酔っ払ってグデングデンなんだけど、即席ラーメンなんかつくって食べようってことになる。一番若いマコトがつくることになって、台所に行こうとする。銀ちゃんは、

「冷蔵庫の中のやつ、みんな使えよ。残しといても俺は腐らせるだけだからな。カニ罐《かん》もあるから、試しに入れてみろ」

　必ず声かけるんだ。マコトも冷蔵庫あけて、

「銀ちゃん、ハムありますけど、入れますか？」

　聞くことは聞くんだよ。

　ところが、出来上がっていざ食べようってときになって、今までキャッキャッ騒いでた銀ちゃんが、

「待てみんな！　食うな。どういうことだ？　マコト！　説明してみろ」

と、こう来るんだよ。みんな酔っ払ってるから、何が起こったのかわからなくて、どんぶり持ってウロウロしちゃうよね。

「こう、ハムを厚く切られるとなあ、酔いもさめるぜ。マコト、おまえの世間知らずはわかるが、ラーメンにはやはり、薄いハムにかぎるんじゃないか？」

マコトもさんざん飲んでんだし、手もとだって狂うよ。

そうすると次には、

「ヤス、おまえのドンブリにはのりが二枚入ってるな。おまえはどういう育ち方してきたんだ。全くこすっからい野郎だよ。みんな見てみろ、このドンブリ。こいつ下の方にのりを隠してやがったんだ」

のりの罐を前に置いといて、みんな自分で取って入れたんだけど、俺のラーメンに入っていたのが、みんなより一枚多かったんだよね。それだって、二枚ののりがぴったりくっついちゃってて、一枚だと思って放り込んだだけなんだけどね。それからはずっと、俺、ラーメン食うたびに監視されているみたいで落ち着かないんだよ。

何度も言うけど、ケチじゃないんだ。その日だってナポレオンをジャンジャン飲ましてくれたんだからね。

ケチじゃないけど細かいってとこは女に関しても同じ。好みは、エンブレムのついた紺のブレザーにネクタイして、見るからに女学生といった清純そうなお嬢さんタイプ。撮影を見学に来てた朋子《ともこ》の時も撮影の最中からソワソワして落ち着きがないもんだから、立ちまわりなんか失敗して俺のカウンターがモロに腹に入ったりしても、ヘラヘラ笑ってるだけ。

そして俺を呼んで、

「ヤス、おまえ、あのブレザーの子に、もう大人なんだから、ブローチとかマニキュアとかしたらどうですかって、アドバイスして来な」

耳打ちして、また一人で真っ赤になってんだよ。そんなこと言えるわけないよね、見ず知らずの女の人に。銀ちゃんは一人大きく溜息《ためいき》ついて侘《わび》しそうな声で、

「ああいう娘見てると、心が洗われるよな。それにつけても、俺ってほんと女運が悪かったのよ。来る女、来る女が、みんなズベ公でよ。つらかったぞ。これだけはハッキリ言うけど、俺から手出したこと一度もないんだぜ。ほんと、これは神懸けて誓うよ。ヤス、いいか、あくまで、おまえがおせっかいで仲を取りもっていう風にしてこいよ」

で、しかたなく俺が話をつけに行くわけ。

はじめは、銀ちゃん、熱病にうかされたようになるんだよね。

「おい、ヤス、ウェヘヘヘ……朋子、可愛いぞ。目ん中、入れても痛くないぞ。ああいう娘が、世の中いるんだね。昨日カバンの中に『奥様マッサージ入門』なんて本がはさまってるのがちらりと見えたんで、『なにすんだ? これ』って聞いたら、『銀四郎さまが』――さまだぞ、おまえ、こんなロクデナシに、さまだぞ。『肩がこるっておっしゃってたもんだから』。いいのか、こういうことで世の中は。まだ十九だぞ。それに比べてこの俺は、なんて薄汚れてるんだ。ああ、チキショウ。だからね、俺は、いいって言ってやったんだ。もう俺、絶対肩こらないから、もし万が一こったりしたら、ヤスとかマコトにもませるからって。死ぬまで肩もみやらせるからって。おねがいだからそんな心配はしないでくれって。なっ、おまえら、もむだろう、死ぬまでよ」

いくら純粋一途だったたって、死ぬまではもめないよ。

俺たちは朋子の誕生日にまで出かけて行って、パーティ開いてハッピーバースデー歌ったりしちゃうの。そんな時は、俺たちみんなに背広買ってくれたりしてね、いいことはいいんだけど……。

トメさんなんか、五十だよ。それが十九の小娘のためにヒゲそって、

「ハッピーバースデー！　朋子ちゃん」

歌わされちゃうんだよね。朋子のボーイフレンドたちが車でゾクゾク集まって来て、俺たち壁にピッタリ張りついて、肩身狭かったな。俺たち、話、合わないもんね、若い人と。

ところで、それが三か月と続いたことがないの。ハイキングだのボウリング大会だのってお呼びがバッタリなくなって、

「どうなりました？」

って聞くと、

「ああ、朋子か、別れたよ。いつまで小娘相手にバカやってると思ってんだ。しかしあの女、ほんとタチ悪いぞ。連れ込みホテルの料金、俺が全部払ったんだから。第一、会ったその日にホテルについて来るような女なんて、もともと嫌いだったんだ」

またかと思うけど、俺たち、心のどこかで今度こそ銀ちゃんに落ち着いてほしいって思ってたんだよね。銀ちゃん、もう三十三だからね。

「考えれば考えるほどくやしいよ。おまえ、朋子んとこいって、俺があいつにプレゼントしたもの全部取り返してこい！」

そう言われて、俺、銀ちゃんのやったセーターとか、マフラーとか、スカート、ス

キャンティ、ブラジャー、ネグリジェ、全部取り戻してくるんだよ。そうすると、夜中、そのセーターとか、スカート、ハサミで切り裂くのね。

「裏切られた、俺が甘かった」

歯ぎしりしながらキュウキュウ泣いてるの、可哀想で見ちゃいられないよね。

「一体何があったんですか?」

聞けば他愛もないことなんだよ。朋子が大学のサーフィンのサークルに入ってて、日曜日みんなで海に行ったって話だけなんだよね。仕方ないよ。そりゃ、朋子だってまだ遊びたいさかりなんだから。

俺が、

「しかし朋子ちゃんに限って」

と言うと、

「フン、その限ってと思い込んでた分、裏切られたショックが激しいんだよ。問題は、その日俺がねんざしたということなんだよ。俺が朝三時起きで奈良にロケ行って、七時の新幹線で東京に行って、とんぼ返りで夕方からセットの撮影と、仕事づめで、俺がねんざした日なんだぜ。そのとき朋子は波乗りしてたってわけよ。俺がヒーヒーうなってるときに惚《ほ》れた女に波乗りやられてみろ、俺の立場はどうなるんだ。お茶を習うとか、料理教室に行ったっていうんなら俺もねんざのしがいってもんがあるだろう」

「はあ」

「そんなに波乗りがしたきゃハワイでもどこでも連れてって波乗りさせてやったのによ、チキショウ。そんなにグループ交際したきゃ、おまえたちだっているんだ。おまえたちと思いっきりグループ交際しろってんだ。チキショウ」

こんな銀ちゃん、俺、憎めなくってね。

「くやしい、くやしい」

って声を合わせて、スカートなんかハサミで一緒に切ってやるのね。

「銀ちゃんの気持ちわかる女なんて、いやしませんよ」

「そう言ってくれるとありがたいけど、朋子も悪い女じゃねえんだよ、ただささ、サーフィンと俺のねんざが重なったことが不運だっただけの話よ。もう取り返しのつかないことだけどな。おまえら、あんまり朋子の悪口言うな、俺つらくなるから」

そのあとから、俺の活躍が始まるわけ。たいていは、女のおやじさんとか兄貴が出てきて金出せってことになるからね。

銀ちゃんが気付かないうちに処理しておくのが、俺の仕事なんだよね。

で、俺は、会社行って、金になる仕事を探すわけ。ガソリンかぶって火ダルマになって車から飛び降りるのとか、断崖の絶壁から転がるのとか。「銀ちゃんのためだ、銀ちゃんのためだ」って思ってると、ケガなんかする気しやしないよ。たとえしたって痛くもなんともないよ。そこで俺がきちんとやってやんなきゃ、銀ちゃんがあとあと、訴えられたり、騒がれたりして大変なんだものね。嬉しいんだよ、そういう仕事するのが。

撮影所を、ビッコひきひき歩いていると、いろんなやつに「どうしたの?」って聞かれる。

「うん、銀ちゃんのことでちょっと。銀ちゃんも困りもんだよ」って答える俺の顔って、きっと誇らしげなんだよね。

銀ちゃんはなにも知っちゃいないさ。

「大部屋の奴が、ケガ見せびらかしてどうするんだ!! 取れ、取れ、包帯なんか」

なんて怒鳴りつけられるのが関の山だけど、いつかわかってくれると思うんだよね。脇腹の五針の傷も、冬になるとぶりかえす痛みも、みんな銀ちゃんのためだってことがわかった時、銀ちゃん、どんな顔するだろうね。俺、そんときのことを考えると、胸ワクワクの心ウキウキよ。だから「階段落ち」だって、俺にとっちゃ待ち遠しいって感じよ。

III

橘さんのスケジュールのために『新撰組』が二十日ほど休みになって、銀ちゃんとも会わない日が続いた。四畳半一間の黄ばんだカーテンをとおして射し込んでくる八月の強い日ざしから逃げることも出来ず、俺は机の下に顔をつっ込み、足を窓から出して汗だくになりながら必死で寝ていた。

しまりの悪い下の玄関の戸が、けたたましく開く音がした。

「おい、ヤス居るか？　俺が来てんだ。あいかわらずむさっくるしいアパートだな。この匂いはなんだ、こりゃ人間の住むとこじゃねえぞ」

銀ちゃんは、ドスドス汚ないものでも踏み分ける感じで階段をかけ上がって来た。

「女連れ込んでるか、連れ込んでねえか、どっちだ」

「残念、ハズレ」

「自慢してどうすんだ、甲斐《かい》性なしが。さ、起きろ、もう昼過ぎだぞ」

「なにかあったんですか」

「ちょっと頼みがあるんだ」

「また女ですか？」

「それを言うな、俺もつらいんだ」

と顔をしかめながらも、一向に困った様子がない。そして、

「早くこの辺の汚ねえの、捨てろ捨てろ」

言いながら、新聞紙や灰皿、しまいには俺の布団をはいで、机までも押し入れの中にドンドン押し込んだ。

廊下の方をうかがうと人の気配がする。

「誰か一緒なんですか？」

「おっ、わけありが一緒でよ」

サルマタひとつで寝てた俺は慌ててトレパンとランニングシャツを着て、ボケてる頭に水道の水をジャーッと浴びせた。

俺がカーテン開けようとすると、急に声を落として、

「よせ、カーテンは。週刊誌に追われてんだよ」

「また囲み記事ですか。やるなら、特集でも組んでくれりゃいいんですけどね」

「きついな。負けるよ、俺も」

「ちょっと外を見てみましょう」

だけど外には、管理人の長男が飼っているでっかいグレートデンが蘇鉄《そてつ》の陰でうだっているだけだ。

「おい、ヤス、あの犬はなんだ」

「変装してんじゃないですか、ルポライターが」

「そうなんだよ、ヤロウら、なんにでも変装しちゃうもんな。油断もスキもあったもんじゃねえよ。あとで冷えた麦茶でも出して来い。生活かかってんだよ、あいつらも」

「スターさんはそういう太っ腹なところ見せたほうがいいですもんね」

「そうそう」

と言いながら、銀ちゃんはキョロキョロ落ち着きなく部屋を見回していたが、

「おっ、ヤス、どういうつもりでこのあんちゃん俺に見せてんだ」

壁のポスターをひっぱがした。

「アメリカの俳優です」

「いいなあ、メリケンはよ。そう思わねえか、ヤス。道頓堀《どうとんぼり》でハチマキでもしてタコ

焼き売ってりゃ似合いそうなあんちゃんが俳優になれるんだから。有名なのか、こいつ」

「銀ちゃんには負けますよ」

「フーン、何ちゅう名前なんだ、このガキは」

「ジェームス・ディーンっていうんです」

「……あれ、こっちから見ると、このあんちゃん、何だかおまえに似てるな」

「いいえ、似てるなんてそんな」

「なにテレてんだ。いいじゃねえか、誰に似たって。その度胸のなさがおまえの限界なんだよ。俺なんか見てみろ、この前『播磨屋の若い時に似てますね』って言われて、『似てたまるか！　俺は俺にしか似てねえんだ‼』ってタンカ切ってやったら、みんな腰抜かしやがんの、ハハハ。男として生まれて来たんだ、他人なんかに似てたまるか」

屈託なく笑う。

「あの、お客さんに入ってもらわなくてもいいんですか」

「お、忘れてた。おまえがこのあんちゃんと俺を張り合わすようなこと言うからだぞ。女だよ、女連れて来てやったんだ。おい小夏、入れ」

顔を見せた小夏さんは、『二十四の瞳《ひとみ》』で小豆島《しょうど》の岬の坂道を自転車に乗りながら、黄色い水玉のワンピースをなびかせていた、ぱっちりした目、愛らしい口もと、まっすぐなつやつやした黒髪の、あの小夏さんだった。

「いつまでお見合いやってんだ。女性を坐らせてやらんか」

俺はあわてて押し入れから小さな卓袱台《ちゃぶだい》を取り出した。

銀ちゃんにはゴミ箱をひっくり返して腰かけさせた。

「ヤスってんだ。俺の親友なんだよ。おまえ、なにヤスって言ったっけ」

「村岡安次です」

「あっ、そういうふうだったな。で、どうだ、嬉しいだろ、おまえ、小夏に会いたがってたもんなあ」

「すいません」

「あやまることはないんだよ。な、小夏、こいつ変わってるだろ、ヤスはおまえの映画全部見てんだぜ。あの人はただの女優さんじゃないって、いつも言ってってよ」

俺、汗が吹き出し、しどろもどろで、言葉にならない。

「おまえがそうやって、マリア様だ、モナリザだってムキになってた頃、俺たちできてたんだよ。びっくりしたか、ハハハ。おまえに悪いなあっていつも心が痛んでたんだけどな」

いまさら、びっくりなんてしなかったよね。マコトなんか夜中に突然「氷、買って来い」って電話がかかってきて、持って行くと小夏さんがいたっていうし、トメさんが台本届けに行くと小夏さんが、ガウン姿で出て来たことが何度もあったっていうし。

「しかし暑いなあ、この部屋は。おまえのツラ見てるからよけいに暑くなるんだよ」

「扇風機、隣から借りて来ましょうか」

「いいよそんなの。それより、なんかあおぐもんねえか……。おっ、いいもんがあった。これでおまえ殴ってたら涼しくなるな」

本棚の脇のハエタタキを取って、突然ピシャッと俺の頭を叩き、

「小夏、おまえも暑くなったらこれでヤスをひっぱたきな、涼しくなるから」

「あっ、どうぞ、遠慮なさらず」

俺がおどけても、小夏さんは沈んだ顔で、こちらを見ようともしない。目に隈《くま》をつくり、化粧気のない顔がやつれて見え、白い細い腕に血管が幾筋も浮き出していた。

銀ちゃんは、白い麻のスーツに赤白ストライプのシャツで、黒地に黄色い蛇が大きい王将の駒にとぐろ巻いているネクタイを、目の前でヒラヒラさせながら、

「どうだヤス、このネクタイ。西陣でつくらしたんだよ」

「銀ちゃん、またいいセンスですね」

「ほら、ヤスはわかってくれてるんだよ」

「しかし、よく街を歩けましたね」

「みんな負けて、うつむいてたよ。ハハハ、カッペどもがよ」

「銀ちゃん、やっぱりセンスは一点に絞り込んだ方がいいですね。銀ちゃんの場合、靴も背広も全部センスだから、センスとセンスがぶつかって、一つ間違えば全部違っちゃいますもんね」

「よく言ってくれた。この蛇も一匹にするか二匹にするかでさんざん迷ったんだけどな、一匹にしたよ。二匹だとどうしてもイモになるもんな。欲しいか、このネクタイ？」

「え？　そのもの凄《すご》いの」

銀ちゃんはハエタタキでピチャピチャ俺を叩く。俺も首を動かして調子を合わせて叩かれる。楽しいんだよね。

「だけど駄目。これは特注だから。それとも百本ぐらい作って、みんなでセンスやるか。カッコいいぞ。しかし、そうなると背広も作ってやんなきゃならんし、靴もワイシャツもじゃ、金かかってしょうがないよ。まあ、痛し痒《かゆ》しってとこだな……。小夏よう、ほんと俺、こいつらによく物やるんだよ」

　小夏さんは返事もせずうつむいていた。

「聞いてんのか、いつまでグズグズしてんだ。やるんだよ、俺が！　見境なく、こいつらに」

「大きな声出さないでよ、頭がガンガンするんだから。聞いてるわよ、気前がいいってことでしょう」

「なんだその言い方は。もう、頭に来るな。ちょっと証拠を見せなきゃいかんな。ヤス、あのみどり色のセーターどうした、虎が鯉くわえてる奴だ。いつも着てるか？」

「押し入れにしまってありますが」

「しまってどうすんだ。いつも着てろよ」

「でも、今は夏ですから」

「夏だ冬だじゃねえだろう、気持ちだよ、気持ち。俺が来た時、おまえがあのセーター着て迎えてくれれば、俺はうれしいんだよ。まったく気の利かねえヤロウだよ」

　銀ちゃんが意地になったみたいに言うと小夏さんが、

「わかったわよ。銀ちゃんになったみたいに言うと小夏さんが、

「俺、着ます」

「いいのよ、着なくても。あの、虎が鯉くわえてるやつでしょ、あんなの着て見せられたら暑苦しくてしょうがないわよ」

「早く着ろよ、ヤス」

俺は飛んでって押し入れの奥から厚いバルキーセーターを出して着て見せた。

「どうしておまえらが着ると似合わねえんだろうな」

「フン、似合ってどうすんのよ、こんなの」

「よそうよ、ケンカ別れは。俺、嫌いなんだよ、こういうの。気持ちよく別れようよ。あとで気軽にお茶でも飲めるようにさ。まったく、おめえって女は、我ばっかり強いんだから」

「誰よ、強くしたのは」

「うるさい!!」

「なにがうるさいよ!!」

小夏さんも負けてはいなかった。きっときれいな分だけ、気の強い人なんだろうね。

俺、カーテンしめた狭い部屋で厚手のバルキーセーター着せられ、そのうえ目の前で怒鳴り合われて、頭がクラクラしてきた。それでも銀ちゃんの、

「ヤス、それはそうと、赤いワニ皮の靴どうした？」

の言葉に、

「さっきまではいてたんですけど、つい油断しちゃって」

はじかれたように立って流しの下の戸棚から、少しカビの生えた赤いワニ皮の靴を出してきて履いた。俺の格好を上から下までながめ回して小夏さんは、

「あたし一度聞きたいと思ってたんだけど、あんた、こういうおそろしいもの一体どこで買うの」

「教えない、教えるとその店が荒らされっからよ」

「荒らしゃしないわよ、だれも」

「女物もあるんだぞ、聞きたいだろ」

「聞きたくないわよ」

「嘘《うそ》、顔に書いてある」

「バカ」

最初、銀ちゃんをどなり返した時はイヤな感じがしたけど、小夏さんも、根はきっと明るい人なんだよね。そしてそのとき俺、この二人、ほんとに仲良かったんだなって思ったよ。

「早く脱ぎなさいよ、あんた暑いでしょう。大変ね、あんたたちも」

小夏さんは小悪そうな、猫みたいな目で俺の方を見てニヤリと笑った。

「大変だよ、こいつらも。おいヤス、小夏に肉の話してやれ」

「何度も聞いたわよ」

「何度聞いたって、いい話はいい話だろうが」

「いい話も押しつけがましいのよ、あんたの場合は」

「何人も連れてって、五万十万の金じゃないんだぞ」

「ほら出た、また金よ。まったくセコいんだから」

セコいと言われ、銀ちゃんはムッとして俺の頭をハエタタキでピシャッと叩いて、

「おめえらが、着るもん着せてやって、食うもん食わしてやっても、『お世話になってます』の一言しか出ねえもんだから、俺がセコいなんて言われるんだよ。ヤス、みんな俺のこと何て言ってるか、小夏に聞かせてやってみろ」

「みんな竹を割ったような性格だって言ってます」

「嘘つけ。餅《もち》をついたような性格だって言ってんだろ」

と言っといて、銀ちゃんは自分でガハハハって笑い転げた。二人の間で思いあたるおかしいことがあるのか、小夏さんも銀ちゃんの肩バシバシ叩きながら「わっ、ピッタシ粘着質」って、一緒に笑っていた。その笑顔は、俺がスクリーンで胸をドキドキ

させて見た、あの屈託のない小夏さんなんだよね。俺、まぶしいもの見る思いで小夏さんを見ていた。

そのとき、下から、

「ヤスさん電話よ」

大家のおばさんの声がした。

「仕事か」

「新撰組が終わるまで他の仕事とらないって言ってるんですけど」

と言うと、銀ちゃんは、

「おっ、俺もついてこ」

と言ったとたん、ドタドタ階段降りて、

「銀です！　おばさん元気だった？　ますます若くなるじゃない、オッパイだっていよいよ大きくなって、えっ？　六十九？　見えない見えない。何年振りかな、五年振り？　いつも寄ろう寄ろうって思うんだけど忙しくってね」

抱きつかんばかり。おばさんも、さわられたりして大喜びでね。俺も得意だったよ。

「ヤス、色紙ない？　用意しとかんか、こいつが色紙の一枚も持ってないんだ。全く、気の利かないヤロウだよ。エプロンにサインしてあげよう。おまえ、先に上に行って初恋談義でもやってろ」

電話が済んで、俺一人で階段上がりながら、小夏さんがいま俺の部屋にいる、と思うとドキドキしてドア開ける時、手が震えちゃったんだ。

「ヤスです。入っていいですか」

「どうぞ」

小夏さんは、さっきの卓袱台の上に化粧品並べて化粧をしてた。俺が入口に立ったまま、

「先に行ってろって言われたもんですから」

「ごめんね」

ニコッと笑って化粧品を片づけ始めた小夏さんは、さっきと違ってとってもさわやかだった。心臓の音が聞こえたらどうしようと思って、俺はよけいドキドキして、窓から外ながめてたんだ。フワッといい匂いが後ろからして、首筋のところで、小夏さんの、

「あれ、なんの木？」

という声がした。

「ビワです」

もっといろいろ喋ろうって思うんだけど、小夏さんが後ろに立ってると思うと興奮して、他になんにも喋れなかった。

「暑いのね、この部屋」

「日射しが直接射し込むから夕方までは暑いんですけど、夜になると風が変わって涼しくなります。でも、朝方はまたカーッと日が射しますけど」

近所の人たちが集まってきたんだろう。下から銀ちゃんの野太い声と女の笑い声や嬌声が一段と大きく聞こえてきた。

「小夏さん、大丈夫なんですか？　週刊誌が来てるとかってのは」

俺は軽い世間話のつもりで言ったのに、恐ろしい形相で睨みつけられて、全身から汗が吹き出すようだった。だけどきつく睨まれれば睨まれるほど、俺の胸は、キュンと切ない音を立ててるんだよね。

鼻歌が聞こえ、銀ちゃんが上がってきた。

「いやあ、大衆を相手するのも疲れるぜ。俺が墨と筆でなきゃサインできねえってカッコつけたら、本当に墨すりやがって。俺、字下手だろう、グチャグチャ読めねえように書いてやったよ、ハハハ。しかし、俺もそろそろ色紙出されて名前だけ書いてりゃいいってわけにもいかなくなるなあ。漢文とか何かことわざとか入れなきゃな」

上機嫌の銀ちゃんは、神経質そうにバシャバシャ手を洗い、ハンカチ出して指の一本一本きれいにふくと、腕時計をチラッと見て、

「やべえ、もうこんな時間か。打ち合わせに遅れるなあ」

「フン、なんの打ち合わせよ」

「打ち合わせなんだよ」

「こんどのは、めぐみってたっけ」

銀ちゃんは嘘のつけない性格だから、すぐに見破られちゃうんだよね。

「だったら一緒に来いよ、打ち合わせに」

「会わせてくれんの、めぐみに?」

今度はじゃれあいみたいにならず、それっきり二人とも押し黙って、最初来た時のような重たい空気になった。

「ヤス、おりいって頼みがあるんだよ」

「はあ」

「おまえ、先がねえだろ。この先、いい役もらえるとか、そういうアテねえだろう。主役をはって大部屋から脱け出せるアテねえだろ」

銀ちゃんのこういう言い方、確かに慣れっこにはなってるけど、でもやっぱり辛い

よ。確かに先なんかないんだろうけど、それが自分でわかってるだけにね。

「いつもより返事が遅いんじゃないか、明るくな、ヤス、明るくいかなくっちゃ。人間明るさが一番」

「……はい」

「十年やってうだつ上がんなかったら、もう才能ないんだってことに、考え方を変えなきゃ」

「はい」

例のごとく、俺はエヘラエヘラしてたよ。

「それでだ、俺の場合は先ばっかしなんだ」

「はい」

「俺、昨日、副社長から呼び出されてよ、来年のカレンダーの正月を俺にするって言われたんだよ」

「すごいじゃないですか、マコトたちに言っていいですか。みんな喜びますよ。橘を出し抜いたってわけですね」

「まあな。橘なんかハナっから目じゃねえよ。それとレコードも出すことになったんだよ」

「でも銀ちゃん歌えないでしょう」

「おまえ難しい相槌《あいづち》、あんまり入れるな。昨夜俺たち寝てねえからよ。歌える、歌えないのは二の次で、とにかく出すんだ。わかったか!!」

「はい」

「要は賭《か》けてくれてるんだ、会社が俺に」

小夏さんは畳にペッタリ横坐りになって、銀ちゃんの話を聞くふうもなく、ただタバコを喫《す》ってる。

「で、だ、身の回りを整理しろって言ってきてるわけだ。これは無理もない、社運を俺に賭けようってんだから」

銀ちゃん、俺の目をじっと見つめて、一語一語ゆっくり区切りながら、喋り始めた。

「ところが、四か月なんだ」

「…………」

「小夏の」

「…………」

「腹が」

持ってたハエタタキを講釈師の扇子みたいに、軽く叩きながらいちいち俺の反応をうかがってるんだよね。

「それでだ、小夏は、営業年齢は二十六なんだが、実際は三十なんだ。女三十っていったらな、ヤス、いくら『二十四の瞳』で主役をやったことがあっても、その後鳴かず飛ばずの三十女にできる役っていったら、バーのママか、やくざの情婦だ」

「…………」

「で、その女が、もうこれが最後だから子供を産みたいって言ったら、どうする?」

ハエタタキをピシャリと叩いて、

「だろう? きまりのキンちゃん、イカのキンタマ、タコが食うだよ。おまえがあずかってくれりゃあいいんだよ」

俺は思わずつり込まれてうなずいた。

「ほら、小夏、ヤスは大人だから分かってくれるんだよ」

小夏さんは銀ちゃんのもって回った言い方にイラ立ってきたのか、タバコを荒々しくもみ消して、

「だから、あたしは身い引くって言ってるじゃないの。銀ちゃんには心配かけないから、田舎帰って産むから」

「昨日あんなに話したのに、まだわかんないのか。突然おまえが京都からいなくなっ

てみろ、バレるにきまってるって」

「はっきり言って、新しい女ができてあたしと別れたいだけなんでしょう」

「女じゃないんだ。会社が社運を賭けてくれるっていうことなんだよ」

「それでどうして、あたしがヤスさんと一緒にならなきゃいけないのよ」

「ヤスだと俺が安心できんだよ。ヤス、ハンコ出せ」

銀ちゃんは俺の顔も見ず、婚姻届を胸のポケットから取り出した。

だけど、どうしたんだろう、俺の耳許では、「こいつなら安心できるからな」っていう銀ちゃんの声がガンガン響いてるんだ。殴られ続け、蹴られ続けて、もうとっくになくなってたと思ってたプライドが頭をもたげたのかもしれないね。

「銀ちゃん、小夏さんの気持ちも聞かないことには」

俺が言葉をはさむと、銀ちゃんは一瞬呆《ほう》けたようになった。俺は逆らったつもりはなかったんだ。

「キサマに文句なんかねえだろうが」

固めた拳がブルブル震えてんだよ。俺ほんとに恐かった。

気がついたら、殴られてフスマまでふっ飛んでたよ。

銀ちゃんは引き出しから俺のハンコを取り出すと、朱肉の代わりに唾をパッと吐きかけて、婚姻届に押した。

「よし、おまえたちの結婚記念日は八月二十五日だ。こんなことでもなきゃ、おまえ一生女房もらえんだろ。ありがたいと思え」

そのとき、遠くで稲妻が薄く光って、山の方からゴロゴロ雷が鳴り、ポツンポツンと雨が軒を叩く音がした。

銀ちゃんはポツリと、

「小夏よお、俺、おまえがいなくてやってけんのかな」

しんから心細そうな声だった。だけど、銀ちゃんはすぐ、立ち直って続けたね。

「……おまえ、マル優って知ってるか」

「いえ」

「マル優ってのがあるからよ、いいか、銀行へ行って少額貯蓄非課税申し込み書っていうのをもらって読んでみな、三百万円までは利息に税金のかからない制度なんだよ。でないと、源泉分離課税とか、総合課税とかかって、利息の三十五パーセントも税金を取られちゃうんだぞ。おまえみたいな最低勤労者は、財形貯蓄っていうのもあるからがんばってみな。俺の場合は金なんかザクザクあるのよ。でも、やらないんだよ。俺のダンディズムがマル優を拒否しちゃうのよ。わかるか、この俺のストイシズムが。

この俺の追い込まれたところが」

銀ちゃん、もうぼろぼろ泣いてんのね。

「しかしなあ、ヤス。気にすることないぞ。人間なんてこういうことの繰り返しよ、こういうことで家庭もって、年とったりするんじゃねえのか。おまえは誰はばかることなく幸せになりゃいいんだよ。そのぶん俺が闘っといてやるからよ」

すると、じっとうつむいて聞いてた小夏さんが銀ちゃんの手取って、

「銀ちゃん、わかったよ、もうわがまま言わない。もう銀ちゃんに迷惑かけないからさ、銀ちゃんも橘なんかに負けないで、レコードもヒットさせてね」

小夏さんの言葉に銀ちゃんはさすがに、そのまま崩れるように坐り込んじゃって、

「迷惑かけないだなんて、泣かせるようなこと言うなよ。しかし俺もこれから大変だよ。一難去って、また一難よ。会社しょって立ってこうっていうんだからよ、大道寺組の中に、もう絶対俺とはやりたくないって言う奴多いしよ、副社長だけだもん俺の味方。正月のカレンダーやるったって、ほんとのとこ分かんないんだよ。副社長も大島に新しくできたホテルに飛ばされるかもしれないっていうし。俺が主役なら、脇やるのいやだってヤロウがいっぱいいるしな」

俺は銀ちゃんが、「ヤス、小夏のこと頼むな」って俺に頭まで下げるのを見て確か

に銀ちゃんのために小夏さんを引き受けようと思ったんだ。

「銀ちゃん、俺も一生懸命やりますから、いい仕事して下さいね。小夏さんのこと大切にしますから……。あの……」

振り返った銀ちゃんは凍りつくような目だった。

「そんなにうれしいのか」

「いえ……」

「そんなに女に飢えてたのか、おまえ」

「あの、部屋もかわりますし、マル優貯金もやります。大丈夫です。仕事もいっぱい取って。ですから銀ちゃんは、映画やレコードをヒットさせることだけ考えて下さい。あとは俺に任せて下さい」

「ヒットはさせるよ、俺がやるんだもん。なにを任せるんだ、ただ乞食《こじき》みたいに仕事待ってるだけの奴がきいた風な口きくな！　てめえが手を汚して今まで自分で仕事取ったことがあるのか。いつも俺が頭下げて仕事もらってきてやるんじゃねえか」

俺を殴りながら、銀ちゃんの大きく充血した目からパラパラ涙が落ちてくる。

「そりゃ、セリフもねえ役しか取ってこれなくて申し訳ねえと思ってるよ。でも俺、精いっぱいなんだ。だけどおまえ、才能があるのか、役者としての才能がおまえにあるのか、才能が。言ってみろ」

「ありません」

「ねえんだよ、このゲスが。あちこち、その辺の小汚ねえ酒場飲み歩いてよ、映画出てます、映画出てますって言いふらしてるだろ。てめえが映画で一言でも喋ったことがあるのか」

「ありません」

「役も女もな、てめえの力量でかっさらってくるもんなんだよ！　キサマのようなゲスを見てると虫酸が走るよ。おまえらに仕事なんか金輪際まわさねえよ、おまえが自分で仕事取っても、俺が引きずり降ろしてやる!!」

もう俺は背中に感じる小夏さんの軽蔑の目だって恐くなかったよ。だけど、銀ちゃんになにか言おうと思うんだけど声が出ないんだ。

「金か、金が欲しいのか。このゲスが、金までせびりやがって」

俺は、ボロボロ涙が出てきて、ただ首を振るだけで、銀ちゃんにすがりついて、

「あの、ほら、来週、銀ちゃんとの絡みで、俺が目突っつかれるとこあるでしょ、あれ本気でやって下さい。それと、これから、立ち回りはずっと真剣を使ってやって下さい、本気で斬って下さい」

自分でも何言ってんのか分かんなくなってた。銀ちゃんはサイフから金を取り出し部屋中にばらまき、

「金だよ、ほら、小夏、大部屋でいつもこいつらに金くわえさしてるんだよ。やるよ！　くわえろ！　くわえろ！　ワンワン！　言ってみろ！　ワンワン！　小夏、こいつらいつもこうしてんだよ、ほらやってみろ、ワンワンほえろ、ワンワン！」

「そうなんです、いつもやってんです」

俺は金をくわえ、思いっきり卑屈にはいつくばって、ワンワン言いながら犬の真似したよ。俺は殴られながらはいつくばり、蹴りつけられながら、銀ちゃんにしがみついていったよ。

小夏のはなし

Ⅰ

　雷が鳴り、急に雨足が強まり、激しくトタン屋根を打つ雨の音がして、夕立が一気に通り抜けた。

「小夏！　幸せになるんだぞ!!」

　あたしと別れる辛さに、そんな切なげな声を出すの。あたしをどんなに愛してて、そんな哀しい声を出すの。あたしは思わず窓をあけ、叫んだ。

「銀ちゃん！　あたしどうしたらいいの！」

　ところが、なにを思ったのか、後ろからヤスがものすごい力であたしをはがいじめにして、大きな手であたしの口をふさいでくる。

「銀ちゃんの身にもなって下さい。今が一番大事な時でしょうが」

「手を離してよ。あんた、関係ないんだから、あたしにかまわないでよ」

「いいえ離しません、黙って見送りましょうよ、銀ちゃんのことを」

「バカ離せ、離せってんだよ!!」

「だめです」

銀ちゃんは、ゴミ集めのポリバケツのふたで雨をよけながら、細い路地をピョンピョン、ガニマタで走って行く。そして路地に響き渡るような大きな声で、

「ようし、終わった、終わった。これで、小夏も幸せになるだろう。これからが勝負だ。めぐみの野郎、下手に出りゃ図にのりやがって、今日こそは、目にモノ見せてやるからな」

止めたタクシーのドアのあくのももどかしそうに、

「運転手さん、急いでよ！　都ホテルのロビーにめぐみを待たしてんだ。あのアマ、五分も男を待ってる女じゃねえんだよ」

……どういう人なんだろう。たったいま、胸がしめつけられるような別れをしてたというのに。

ヤスは窓から身を乗り出し、去って行く車に手を振り、

「銀ちゃん、俺、絶対小夏さん幸せにしますからね！　安心して下さいね！」

軒下のつりしのぶが、雨をうけてゆっくり回り、ヤスの声がまた激しくなった雨足にかき消されて、貧相な部屋いっぱいに、その声がいつまでも響いてた。

なんてことはないのよ。ただ、新しい女ができただけなのよ。何度も同じことの繰り返しでね。最後には、「やっぱりおまえが一番だ」って、あたしんとこに戻ってくるんだ。いつものパターンなの。

銀ちゃんは女ができると、最初はブスッとしてあたしの作った料理に箸《はし》もつけない。やおら、

「おまえ、いつまでも、俺と関り合いになってるとろくなことはないぞ。そろそろいい男見つけて、身を固めたらどうだ」

と切り出してくるの。

「いや、俺はもういいんだよ、あきらめてるから。俺みたいな男は、所詮、のたれ死にするしかねえよ。おまえだけには幸福になってもらいたくってなあ」

ごろんとあお向けに寝ころがって天井見てる。「どういうことなの」と問いただしても耳もかさず、もう、その女との新生活を考えてクスクス笑ってるの。

あたしは、銀ちゃんに他に女がいたって別にかまわないって言うんだけど、どこか

潔癖なとこがあって「そんな人非人みたいなまねできるか」って怒り出し、

「おまえのそういうだらしなさが嫌《きら》いだったんだ」

って、一年前、二年前の話をネチネチ持ち出してきて、なんでもかんでもあたしのせいにしてくるのよね。

あたしは、一度だって籍入れてくれなんて、せまったことはないのにね。

「だから俺たちは根本的にムリだったんだ。じゃあな」

真にうけるわけにはいかないのよ。くっついたり離れたりしていても三年も一緒にいたんだから……。

「ヤスさん、あんた変わってんね」

「俺、銀ちゃんのためだったらなんでもします。俺がここまでこれたのは、ぜんぶ銀ちゃんのおかげですから」

「ここまでって、この四畳半一間でどこまできたのよ」

あてつけがましく言ってんだけど、ちっともこたえないらしく、刈り上げの頭掻《か》いてヘラヘラ笑っているだけ。あたし、根っからこういうタイプの男は嫌いなのよ。誠実なふりしてる分、性根はひん曲がってるんだから。

「その婚姻届破っちゃっていいわよ」

「でも、銀ちゃんに叱《しか》られますから」

あたし呆《あき》れて、トランクを引き寄せてた手を思わず止め、タバコに火をつけた。ここはちょっと話つけとかないと、こういう男は図にのるからね。

「好きだとかさ、叱られますとかさ、あんたには、男としてのプライドはないわけ」

「ですが、銀ちゃんがああ言ってます」

「だったら、あたしたちほんとに一緒になるの」

「僕のこと、そんなに嫌いですか？」

「なんで、あたしが会ったばかりのあんたのこと好きになんなきゃいけないのよ」

「僕はよく食堂で、遠くから見かけてました」

「ってことは、あたしとあんた、何の関係もないってことじゃない」

大声出したら、カーッと頭に血が昇って気分が悪くなった。四か月の、まだつわりのひどい時期だったってこともあるけど。それにしても、いけずうずうしいとしか言いようのない馬面は許すことができず、よっぽどひっぱたいてやろうかと思った。

「落ち着いて下さいよ。静かに話し合いましょう。銀ちゃんが困りますよ。あなただって世話になってるんでしょう」

とにかく、どういう神経してるのか、さすが薄気味悪くなり帰ろうとすると、ヤスは真っ青になって入口に飛んで行って、あたしが出られないようドアを背にした。

「お願いです。三日、三日いて下さい。俺、もし小夏さんに出ていかれたら銀ちゃんから殺されます。とにかく三日いて下さい。三日試して下さい。三日いれば情も移ります、味も出ます。人間慣れるもんです。これだけは誓います。悪さはしません。トルコに入り浸って、あなたには手を出したくても出せないようにします。危険はありません。安全です。まずとにかく、僕がここを出て他で泊まります。お願いします、僕の人となりを見て下さい」

「さあ、どいてよ」

「僕の人となりは、トメさんとかマコトにおいおい聞いて下さい。ああそうだ。僕、中学の修学旅行で奈良に来たとき、初めて法隆寺のエンタシスの柱の前で外人見たんです。そのとき〝ああ、あれが噂の外人か〟って脳裏にイナズマが走ったんです。そういう裏表のない一枚岩の男なんです、僕は」

支離滅裂なことを言い、土下座して、あたしが口を開こうとすると、大丈夫ですから、大丈夫ですからと話させてくれない。そして、突然立ち上がると、

「俺、身の回りのもんそろえてきます」

って、ドアを蹴《け》破って飛び出して行った。五分もたたず、息を切らして帰ってきて、

シーツや風呂桶や歯ブラシや箸《はし》を両手いっぱいに抱えて、「明日から牛乳が届くことになりました」って言うと、また飛び出して行った。

本当言うと、出て行こうにもあてもなかったし、始終吐き気がして体もだるく、動ける状態じゃなかったのよね。

医者からは、精神的不安をとり除いて心身の安静に努めるようにって言われたけど、銀ちゃんと、ほかでもないその赤ん坊のことが不安の材料なんだからおさまるわけないのよ。

部屋の隅には半間ほどの台所がついていて、棚に、洗った鍋や茶碗《ちゃわん》がきちっとふせてあるの。粗末な本箱には、「映画評論」や「今日の映像」なんていう雑誌のバックナンバーがぎっしり詰まっていた。

その隣には、これも古道具屋ででも買ったような、薄汚れた小さな坐り机があって、中に、まず目をいっぱいに使った丁寧な字の書きかけのシナリオや原稿用紙が入っていた。机の下に、油紙に包んだゴッゴツしたもんがあったので引っぱり出してみると、大学の卒業アルバムだった。暗く、挑むような鋭い目で、頰《ほお》がこけてあごがとんがってて、目の下に隈があって、ひどく神経質そうな顔をしたヤスが、学生服を着て、ギョロ目をカッと見開いて写ってて、さっき飛び出してったヤスからは想像もつかないのよね。

　夜風が涼しくて、その夜は久しぶりにぐっすり眠った。目覚めると、もう昼近くになっていた。入口の靴脱ぎに扇風機が置いてあり、その下に「電話の取り付けが来ますから五時頃までは家を出ないでください」ってメモがあるのよ。牛乳だの電話だの、外堀を埋められてるみたいでいやな感じだった。甘い言葉でささやいてこない分、ヤスみたいなグズな男は、一つ一つ生活で押してくるんだよね。

　そんなにあたしに気があるのかと思うと、「撮影所の噂《うわさ》では、銀ちゃんのレコーディングが延期になったそうです。今日、銀ちゃんと正門のところで会いましたが、消耗した顔してました」「『突撃』の主役を、銀ちゃんと橘さんで争っているようです」「銀ちゃんと今日食堂で会い、小夏さんのことを聞かれました」と、仲を取りもつようなメモが置いてある。

　昼間は扇風機をかけても蒸し暑いばかりの部屋なんだけど、夜になると、山の方から少しだけ涼しい風が吹いてきて、隣の部屋の風鈴がチロチロ鳴ったりして、それだけでも三年間の、銀ちゃんとのイライラの絶えなかった生活にはなかった穏やかさで、体が崩れそうなくらい、ほっとしているの。

　でも、廊下のほうで音がするたびにビクっとしてね、銀ちゃんの迎えにくるのを心待ちにしていたの。ああも言ってやろうこうも言ってやろうってばかり考えてたのに、いくら待ってても来なくて、寂しくて、小学校の女の子のようにシクシク泣いてたよ。めぐみなんてまだ二十歳《はたち》なんだって言うし、「そんな小娘に」って思うとよけいくやしくなるのよね。

いつ来ていつ行くのかはわからなかったんだけど、つづいてたメモが四日も途絶え、どうしたのかって窓の外を見張って待ってると、ヤスが、顔を腫《は》らしてビッコをひきながら、スーパーの大きな紙袋に卵やハムや焼き豚のかたまりを山のように詰め込んで帰って来た。

そして食料をドアの外にそっと置いて、またしのび足で階段を降りていこうとする。

「ちょっと入んなさいよ」

って声をかけると、

「いらっしゃったんですか」

びっくりしたような声を出す。

「あんたがいろっていったんじゃない」

「起こしました？」

「フン、牛じゃあるまいし、昼間っからそんなに寝てらんないわよ」

「食いもん足りましたか」

「三日も音沙汰なしじゃ心配するじゃないの」

「夜間ロケがつづいて」

「電話ぐらいしたらいいじゃないの」

「いいんですか、電話して」

「あんたのほか、どっから電話がかかってくるっていうのよ」

「どうです、体調は」

とあたしのかげんを聞きながらも、ケガがよほど痛いらしく顔をしかめている。

「折れてんじゃないの、医者に診てもらったら」

「この程度でいちいち医者に行ってたら、僕ら干上がっちゃいますよ。明日、冷蔵庫が届きますから」

「まだ、これ以上なんか届くの。この間届いたタンスで、もう寝るところがないわよ、あたし」

一週間おきにものが届くもんだから、大家からイヤミを言われ、恥ずかしい思いをしてたのに。考えてみると電化製品が一つ増えていくたびに腕をつったり頭に包帯をグルグル巻きにして帰ってきたり、ヤスの体の傷がひどくなっていく。

「冷蔵庫買うため、今日はいったいなにをやってきたわけ？」

「『銭形平次』で捕り方やって、二階の屋根を滑り落ちて、昼から『江戸の嵐』で川にころげ落ちたもんだから、背中と足をちょっと……」

「そんな危ないことやって、いくらになんの」

「いくらって聞かれるとまいっちゃうなあ。まあ、金じゃないんですけどね」

待ってましたとばかり背中の包帯を取って、むしろ誇らしげに赤くひきつれた傷を見せるのよね。

「今日のは安くて五千円と八千円です。でも、明日やる『同心部屋』で谷に転がり落ちるのは一万円なんです」

「へえ、そんな危ないことやって一万円ぽっち」

「こう言っちゃなんですけど、同じ仕出しでも、俺の場合、斬られ方が絵になるって特別手当つくんです。俺の場合、殴られても蹴られても、哀愁が背中に漂ってるって評判がいいんです。ほら、燃えてる車から火だるまになって転がり出るやつ、あんときにも哀愁が出て三万円」

「なにが哀愁よ。どうせ顔なんか映っちゃいないんでしょ」

「映る映らないは関係ないんですよ。いい映画ができりゃいいんですから」

「いい映画ができるったって、映ってなきゃあしょうがないでしょ」

この言葉にはカチンときたらしく、「関係ないですよ、そんなこと」と言ってそれっきり黙ってしまった。

「トルコには行ってるの」

「はい」

「ほんとね」

「ほんとです」

「じゃ泊まっていいわよ」

「はい」

返事はしおらしかった。けど、案の定、その夜襲いかかってきたのよね。

九月も半ばを過ぎて、五か月に入ろうという頃になってもつわりは治まらなかった。ひどい時には一時間ごとに吐き気がしてものが食べられず、目がボーッと霞《かす》むほどの日が何日も続いた。きっと、若い時のしたい放題の無茶がたたって、このまま衰弱して、お腹の赤ん坊と一緒に死んでしまうんじゃないかと、寝ていても悪夢にうなされ、脂汗びっしょりで目覚める毎日だった。

ヤスは、夜中、布団を掛け直してくれたり背中をさすってくれたり、ありがたいのだが不快感はおさまらず、あたしは八つ当りしてばかりいた。

「今日こそ出ていくからね！　もうあたしにかまわないで、あんたなんか大嫌いなんだから！」

そのたびヤスは真っ青になって、

――いけないところがあったら直しますから。

――銀ちゃんに聞いてきますから。

――銀ちゃん、ちょっとの辛抱だって言ってますから、もうしばらくいて下さい。

――週刊誌が見張ってるから、今動くと取り返しのつかないことになります。十二月の『新撰組』のクランクアップまで、たのむっていわれました。

でも、くりかえし襲ってくる吐き気は五か月の半ばになっても変わらずで、つきっきりで看病してくれたヤスは、頬がゲッソリとこけ、目だけを異様にギラギラ光らせていた。お医者さんの胸倉つかまえて、「なんか特効薬はねえのか！」と詰め寄ったときには、ぼさっとした馬面がようやく走りそうな馬になってきたって感じだった。

六か月近くになって、やっとつわりも軽くなった。

定期検診の日、先生から赤ん坊の心音を聞かされ、

「もう心配ありませんよ」

って言われて、ヤスは涙ポロポロ流しながら、先生や看護婦さんたちにペコペコおじぎして回っていた。心音を聞いて泣き出した男なんて初めてじゃないかしら。頼もしくって、しっかり腕にすがってアパートまで帰ってきたよ。

病院で妊娠証明書をもらって、保健所に母子手帳を受け取りに行くって日、ヤスは朝からソワソワしちゃって、保健所の窓口で、係の人にまたペコペコして、両手で母子手帳をおしいただいてた。

帰る道々、クンクン匂いを嗅《か》いだり、手帳を開いたり閉じたり、頬ずりしたりしてうっとりしてるの。そして突然立ち止まり、

「俺、テレビもやるからな」

「えっどうして？　やりたくないいんじゃないの」

「だって、子供が生まれるんだもの、きれいごとは言ってらんないよ」

と、あたしに貸しを作ったような言い方をした。

でもつわりが治まると現金なもんで、無性に銀ちゃんに会いたくなった。寝てもさめても銀ちゃんのことばかり考えていた。こらえきれず、あたしは、銀ちゃんとよくコーヒーを飲みに行ったカフェテラスで一日中ボーッと坐っていたり、思いきって、

白川のマンションの前まで行って、向かいの駐車場の陰から五階の銀ちゃんの部屋を見上げたりしていた。

でもそんな日は、ヤスにうしろめたくて、料理なんか作って待っててやったりしたよ。ヤスは、ほんとに嬉しそうで、残らずたいらげてくれ、次の日には、きれいなフライパンやなべを買って帰ってくる。きっと、またあたしが何か作って待ってることを期待してるのよね。そういうふうに期待されてることが興ざめで、またそれで気が重くなってね、喧嘩《けんか》になって……それの繰り返しよ。

ある日決心して、返しそびれてた鍵を使って銀ちゃんの部屋に入った。夜になっても電気もつけないで、一日中ずっと一人で坐り込んでた。

相変わらず即席焼ソバが好きなのね。袋が流しいっぱいに散らかってるんだ。ソファの上に齧《かじ》りかけの大きいハムが転がってるかと思うと、ステレオの上にはナポレオンの蓋《ふた》があいたままで、飲み残しのブランデーグラスが埃《ほこり》を被ってる。なにも変わっていないんで、あたしなんだかホッとした。掃除ひとつした様子のないとこ見ると、あれからひと月以上たつのに、まだめぐみを連れ込んでないようだ。きっと銀ちゃんのことだから手も握れずにいるんだろう。でも、それだけ今度は本気なのかもしれないって、思わず悲しくなっちゃってね。

楽そうな男を選んじゃ、すったもんだ、くっついたり離れたりしてきたあたしだったから、銀ちゃんだってつきあいやすかったのね。考えてみれば、映画の役どころだって、このごろはあたしの地でいける情婦や二号の役しかこなくなったし、今さら銀ちゃんにお嫁さんにしてくれって言えるような柄じゃないのよね。銀ちゃんだってあれだけ野心のある人だから、パーティなんかで、うしろ指さされてあれこれ言われる女よりも、なんの過去もない、無邪気なかわいい女の人をそばに置いときたいだろうしね。でも、やっぱりあたしじゃだめなんだなって思うと、口惜しいやら情けないやらでね。

あたしはベッドにもぐり込み、シーツに残った銀ちゃんの匂いを嗅ぎながらひとしきり泣いて、ベッドサイドのテーブルの上に、そっと鍵を置いて部屋を出た。

それから、二、三日して、「今夜九時半〜三十五分の間、銀ちゃんが電話するそうです」ってヤスのメモがあった。

電話のベルと同時に受話器をひったくるようにしてあたしが出ると、

「あれ、ヤスいないの？　小夏に電話するからいろって言っといたんだけどなあ。まいったなあ、俺、こういうの嫌いよ。亭主のいない留守に電話するなんて、間男してるみたいで寝醒めが悪いよ。不正がないようにドアでも開けとけよ。俺とおまえは、もうまるっきり関係がないんだから」

「かまわないわよ、そんなこと。で、どうしたのよ」

「めぐみのことなんだよ、おまえに相談しようと思ってな」

「やっぱりめぐみだったじゃないの」

「そのめぐみんちの段取りが大変でなあ。結納《ゆいのう》だの、仲人《なこうど》に挨拶だの、家系だのって。俺、親はいないし、妹は大井競馬場の馬券売場に勤めてるだろ。だから強気で押せなくてなあ」

「そんなこと関係ないんじゃないの」

「おまえとは女の格が違うんだよ」

「あたしんちだって水戸に帰れば長者番付にのってんのよ」

「ばか、めぐみんちは格式が違うんだ。結納だっていろいろ面倒くさいんだぞ」

「連れて逃げれば」

「俺の場合は、逃げても純愛にならず、スキャンダルになるんだよ」

相当落ち込んじゃってるみたいで、悲痛な声なの。

それからは堰《せき》を切ったように、確実に朝晩、二回は電話をかけてくる。早朝だろうが真夜中であろうがおかまいなしに、哀れっぽい声で一時間以上相手をさせて、それでとうとうあたしがめぐみに会ってやることになった。

河原町の、三方ガラス張りのクレープ屋さんでめぐみって娘《こ》を見て、あたしは唖然とした。二十歳と聞いてたけど、ちょっと見には中学生くらいにしか見えず、こんな小娘に振り回されていたのかと思ったら、情けなくて口も利けなかった。銀ちゃんがしつこく、自分のことを喋ってくれというし、めぐみもお願いしますっていうものだから、思いつくまま、銀ちゃんは寝起きが悪いから早朝ロケの時はたっぷり一時間半位みて起こしてあげた方がいいとか、料理は、味はともかく素早く品数をたくさん作ってあげると機嫌がいいとか、他愛もないことを喋ってやると最初は警戒していためぐみも、そのたびに「ワー」とか「キャー」とか嬉《うれ》しそうに声をあげ、時々メモを取ったりしている。色白で上品な顔立ちで、銀ちゃん好みってのはわかるんだけど、ハンドバッグ代りのデイバッグに人形なんかぶらさげてて、いかにも幼いって感じでね、他人ごとだけど、先行き不安なもの感じたのよね。でも、銀ちゃんのやに下がった顔を見てるとお似合いかもしれない、とも思った。

それからも二度ほどめぐみとつきあって、銀ちゃんの部屋で料理を教えてるうち「おねえさまあ」なんて呼ばれて、だんだんばかばかしくなって、しまいには電話がかかってきてもうっちゃってたよ。

山からの風で朝夕はめっきり冷えるようになり、京都は時雨《しぐれ》の季節を迎え、ヤスと暮らし始めて三か月目に入っていた。

全身がだるくめまいもするので病院で検査してもらうと、貧血症がかなり悪化しているということだった。診察をおえ、顔をくもらせたお医者さんから、「御主人とも、お話ししておきたい」と言われ、くれぐれも安静にするようにとのことだったけれど、仕事仕事で、毎日傷だらけになって帰って来るヤスにそんな話を持ち出せやしなかった。よほど茨城の実家に手助けを頼もうかと思ったが、手前勝手に京都に来て、居場所も教えずやりたい放題やってきたのだから、今更言えたものではなかった。不安な日が続き、ヤスの帰りが遅いと、心細さに夜も眠れなかった。

電話のベルが鳴った。

ヤスの兄さんからだった。九州の実家からかかってくるかもしれないので、いったんベルが切れてもう一度鳴ったら、それは俺だから、それにだけ出るようにって言われていたのを、気が立ってて忘れてた。あわてて切ろうとしたが、「小夏さんですね、話はヤスから聞いてます」、ていねいに挨拶され、あたしはオロオロしてしまった。死んだお父さんの十回忌にはヤスと一緒に来るものと、すでに汽車の切符を送ったとのことだった。

帰ってきたヤスに、

「どうなってるの」

とあたしが詰め寄ると、

「俺ばっかり責めないで銀ちゃんに聞いてくれよ。今日だってみんなの前で、結納どうする、日取りどうするってせっつかれてんだから」

「銀ちゃんは関係ないでしょう。あたしとあんたの問題なんだから。それじゃあんた、あたしと一緒になってお腹の子の父親になるっての」

あたしは必死だったよ。だって『ししとう』のカヨさんの話だと、貧血症はお産の時出血で死ぬことだってあるって言うし、こんな時、もうすんでしまった銀ちゃんのことだとかに関りたくないのよね。

「親戚への顔見せのつもりで来てくれって言ってたわよ。あたしと結婚するつもりなの。だったら、ちゃんとプロポーズしてよ」

「俺は大部屋だし稼《かせ》ぎもないし、そんなこと俺からは言い出せないよ」

「どうして言えないのよ、自分の問題じゃないの。さあ、プロポーズしてよ」

「じゃあ、結婚してくれ」

「じゃあってなによ、卑怯《ひきょう》なんだから。はい、わかりました。お受けします。大事にしてよ。あたし、メチャメチャ甘えるからね」

　とあたしが踏んぎっても、ヤスは煮えきらない。

「ただ田舎じゃ、おふくろたちが楽しみに待ってんだよ、いいじゃないか親父の十回忌なんだから、そんときだけ……」

「関係ないよそんなこと。もう、プロポーズお受けしたんだから、あたし、なんだってやるわよ」

「………」

「で知ってんの、お腹の子があんたの子じゃないってこと」

「知らないよ、そんなこと。いいじゃないか、俺の子で」

「絶対後悔しないでよ、おねがいよ、このとおりよ」

あたしは両手をついて何度も念をおしたよ。

　人吉に向かう汽車の中で、ヤスは、みかんむけだの、駅弁のエビのてんぷらよこせだの、やたら横柄な態度で、あげくは、自分の血液はB型だの、右目がちょっと乱視ぎみだの、まだ盲腸やってないだの、今まで無理して食ってたけどハンバーグは大嫌いだの、もううるさいったらないの。

　出かける前から気合が入ってて、美容院にまでついて来て、前髪をもっとカットしろだの、裾《すそ》は軽くカールしろだの、ちょっと染めてみろだの、美容師と喧嘩を始める始末。

服も、地味な紺のスーツを着ようとしたら、

「そんなババ臭いのよせよ。俺だって兄弟たちの手前、面子《メンツ》があるんだから」

自分でブティック行ってプレタポルテの派手なワンピースを買ってきた。おまけに、靴屋に寄ってそれにあわせたエナメルのハイヒールまで揃《そろ》えるほどの念の入れよう。

「こんなの着たらいかにも女優って感じよ」

「いいじゃないか女優なんだから」

と押し切られ、部屋の中で服を着せられ靴まではかされて、前向けだの後ろ向けだのファッションモデルのようにクルリとひと回りさせられた。

「とにかく派手でいこう、派手でな」

「これじゃあ、あんたんとこから嫌われるんじゃないかしら」

口ではそう言いながら、あたしも嫌いな方じゃないから、バッチリ二時間かけて化粧してやったんだ。

人吉からヤスの実家のある吉田上荒地の駅までは、単線のジーゼル機関車に二時間ちょっと揺られてゆく。

球磨《くま》川の渓流沿いに鬱蒼《うっそう》と繁った木立ちをぬうようにして機関車は走る。陽射しに緑がキラキラ輝いて、まぶしいの。カーブを曲がるたびに、今まで見たこともないすばらしい景観があたしの目の前に広がっていった。

三輛編成の車中には顔見知りの人も乗り込んでいるらしくヤスに会釈してるのに、ヤスはそ知らぬ顔で椅子にふんぞり返り、前の席に足を投げ出して、

「あの炭焼き小屋のジジィが生きてりゃ、目にもの見せてやるんだけどよ。昔、俺、山火事起こして熊本県に四億の借金があるんだよ。いや、濡《ぬ》れぎぬ濡れぎぬ。俺、マッチで遊んでただけなの。ほんとは登山者がタバコの火を投げ捨てたんだよ。それを炭焼きのジジイが、俺が火をつけたの目撃したって言いやがって、俺、子供心に首吊《つ》ろうって思ったほどなんだぜ。ま、おまえ連れてきゃ、誰も四の五の言えねえしよ。生きてりゃ、おまえを前に土下座さしてやるんだがな。オイ、むやみにサインなんかするな。していい奴と悪い奴、俺が決めるからな」

と憎々しげに吐き捨てた。

崖を削った短いトンネルをいくつも抜け、平野に差しかかったあたりに吉田上荒地の駅はあった。

改札口は黒山の人だかりだったが、あたしたちが降りてゆくとジリジリ後ずさりし

て、遠巻きにボソボソ囁《ささや》き交わすだけで、誰も近づいてこようとしない。

「田舎もんが、一人前に照れてやがんだよ、百姓どもが。おい、あんまり馴れ馴れしくするな。田舎もんはつけあがって、すぐ友だちづきあいしてくるからな」

男たちはみな、ヤスに似てヒョロ長い首の上にグリッとした目をしている。刈り上げた髪が青々しているところまでそっくりで、気味が悪くなった。

なかでもひときわ首の長い、村役場の助役という人に名刺を差し出されて、

「村長は、ただ今、県北に杉の視察に出かけておりまして、留守をしとります」

から始まり、消防団の団長さんから村の世話役って人にまで次々に挨拶される。

ヤスはいつ作ったのか、『俳優　村岡安次』の名刺を得意そうに配っていた。

あたしも少しは売れててよかったなあって、つくづく思ったよ。だって、あたしのサイン会まで用意されてたんだから。ここでヤスに恥かかしちゃいけないと思って、一人一人に握手をかえすまでしてあげた。でも、くわえタバコのヤスが、駅の観光案内のチラシにサイン頼みに来たおばあさんを、

「色紙買って来んか」

って追っ払ったときには、やりきれなかったよ。

ようやくサイン会も終わり、ライトバンに乗せられ、運転席の男の人にヤスが、

「兄《あん》ちゃん、刺身あるね、刺身？　しかし、これだけ冷凍車が出来よるのに、まだここは盆暮れにしか刺身が食べられんね」

「ああ」

と、無愛想にふり向いた兄さんの顔にあたしは思わず「アレッ」て声をあげたよ。ヤスを黒くしてひとまわり大きくした感じで、肩幅が狭くて異様なほど首が長くて、馬面も刈り上げもそっくりウリ二つ。ま、兄弟だから似てるのはあたりまえだけど、似かたがいかにも田舎的だなって感じなのよね。町に出るのは年に一度か二度っていうから、刺激が乏しくて、性格も顔かたちもあんまり変わんないんだろうね。

「ときに小夏くん、最近の映画産業はいかがです？」

実業界に身を置いてるって言ったって、ヤスの兄さんはニワトリ五百羽飼ってるだけらしいんだけどね。

「私も大阪に三年ほどいましたが、ああいう都会は人間の住むとこじゃないですな。それを、どこがいいのか、ヤスがのぼせ上がって」

三十分近く、田んぼ道や、デコボコの山道をグルグル揺られていると、森の一本道の突き当たりに、突然ピカピカのニスの光った太い門柱が、地面から生えたようにそびえ立ってるのが目に入った。近づくと、その奥に、粗末なわらぶき屋根にくっついた新建材の大きな二階家が、白々と光り、裏山の黒々と生い茂った木々の色と不つり合いに浮き上がってた。

庭では、モンペに白いかっぽう着のおばさんたちが、大きなかまどを中央に忙しく立ち働き、まるで炊《た》き出しを思わせる。あたしたちが入って行くと、みんな仕事の手を休めて拍手して迎えてくれた。

お母さんとおぼしき人に挨拶しようとすると、ものも言わずに手を引っぱられ、さっそく仏壇の前に並んで坐らされた。

「さっ、お父さんに報告せんと」

とたんヤスが泣き出し、ゾロゾロついてきたおばさんたちも、声を出して泣き出した。

「……お父さんが生きておられたら、どんなにかお喜びなさったろうねえ。ヤっちゃんが立派になって、お嫁さんを連れてくるまでになったんだものねえ。お父さんは、死ぬまで、ヤスはパンパンみたいなのを連れてくるんじゃなかろうかって心配なすってたからね」

お母さんがあたしの手をしっかり握るもんだから、あたしもなんだか胸が熱くなってきて、心の中で、

──お父さん、小夏です。あたしたちを見守ってくださいね。丈夫な赤ちゃんを生めるよう、天国から見守っていて下さい。

祈っていた。

夕飯は、親戚《しんせき》中集まっての大宴会。

ヤスが身を固めるまで嫁を取らないって言ってた殊勝な弟さんが、喜びを隠しきれなくて、笑いっぱなしで、隣に坐った自分のフィアンセに一生懸命ビールをついだり、あちこちお酌《しゃく》をしてまわったりしていた。

信用金庫に勤めているというフィアンセは、きつねみたいな細い吊り目で、あたしのことをチラチラうかがっていたが、

「またあたしは女優が来るっていうから、サングラスして、胸が大きく開いた服着て、髪の毛黄色に染めて化粧塗りたくった、大きな丸い帽子をかぶった人が来るんじゃないかと思ってビクビクしてたけど、この人ならやっていけるわ」

と強気なところを見せ、それをきっかけに、「そうだ、俺たちなんか話もしてもらえんと思ってた」新田のおじさんというひょうきんな人が、まっ先に大声で相槌を打ち、続いて周りの親戚の人たちが、「ヤス、絶対逃がすな」「鎖でつないでろ」ってワイワイガヤガヤ。

あたしもここに来るまで、どう親戚中で値踏みされるのかと気が重かったけど、迎える方も不安だったのよね。都会の女が来るんだもん。

あたしが、「足、くずしてもいいかしら?」って言えば、おばさん連中が、「キャー、まるでテレビみたい」とはしゃぎ、御飯をおかわりしたのがまた親しみを持てたんだろうね、みんな喜んじゃってね、自分の家に自慢の漬けものを取りに帰る始末。

極めつきはお兄さんで、

「これで、生まれて来る子が、ヤスに似て、馬面してなきゃいいんだけどな」

これがどっとウケて、上を下への大騒ぎ。

似なきゃいいがなあって、似てるわけがないわよね、ヤスの子じゃないんだもの。だけど、みんながあんまり嬉《うれ》しがってるし、ヤスが大口あけて笑うの見たのなんて初めてだったし、あたしも、だんだん、そうだったらどんなにいいだろうって気になってきたんだよね。

わらぞうりほどの大きさのボタモチや、もいだばかりの柿や、おいしいものばっかりでお腹がいっぱいになった。

お兄さんの年子の息子の、としお、ゆきお、さちお達も「おばちゃん、おばちゃん」ってすぐなついてくれて、絵を描いたりゲームをしたりして遊んだの。

みんなが帰り仕度を始めると、ヤスがボストンバッグの中から私のブロマイドの束を取り出し、配り始めた。言われるままあたしがサインをして、それをありがたそうに受け取って帰る親戚の人たちを見てたら、本当に来てよかったと思ったわよね。

お客がみな帰り、夜が更けてから、ヤスが兄さんと二人っきりで、険しい顔で暗い台所で酒を飲んでいた。裏山に面した濡《ぬ》れ縁に坐っていると、真っ暗な山からいろんな虫の声やミミズクの鳴く声が聞こえて、草木の匂いで息苦しくなるくらいなんだよね。森の木立の奥の方からゴーゴーと水の音がして、遠くにダムの灯がポツンと見えるの。ザワザワ、風で木の揺れる音がして、もうどこか別の世界にでも迷い込んでるような不思議な気持ちがしてた。時たま、

「俺だって子供ができるんだし、財産わけてもらう権利だってあるんだ！」

「十年も帰って来なくて、何の権利だ」

口論する声が聞こえてくる。

そのあと、気がつくとザーザーと風呂場で音がしていて、立っていってみると、お母さんがお風呂に入っていた。

「お母さま、お背中流しましょうか」

きっと上手なんだろうね、こういうの、すったもんだした女に限って。

新しいタイルばりの、暗い灯りの中で、幅広いお灸《きゅう》の痕やしみだらけの背中こすってると、お母さんが、

「小夏さんの家では、なんて言うとですか」

「はあ、もうこんな体になっちゃったので……」

「まだ、なにも言ってないの」

「いったん京都に戻ったら、頃合をみはからってすぐ茨城に挨拶に行ってくれると言ってるんですけど」

「小夏さん、もし反対されたら二人で逃げていいよ、ヤスのために百万円用意してあるから、それ持ってアメリカでもどこでも。でも、長男の雄一には内緒ばい。あれに知れたら怒るけん、ヤスには一銭もやらんていつも言いよったけん」

お母さんの、ひとつにうしろにまとめた白髪のまじった赤茶けた髪は、もう中の方が薄くなっていた。

「小夏さん、あんたは、ヤっちゃんのどこに惚《ほ》れたと?」

これが一番困るとこなんだよね。

「えっと……真面目なところ、です」

ゆっくり振り向いたお母さんの日焼けした皺《しわ》だらけの顔は恐かった。

「真面目じゃよ、うちのヤっちゃんは。真面目ばい。あんた、お願いじゃけん。あの子を裏切るような真似したら承知せんよ」

見透かされてたんだろうね、いくら取り繕っても女同士だから。

「うちはかまわんよ。お腹の子が誰ん子でも……。小夏さん、ヤスがそんな甲斐性のある男やないよ。第一、うちが若うてもヤっちゃんには惚れんよね」

「…………」

「ヤスみたいな男じゃったら、女はたまらんよね、煮えきらんし。ばってん、うちの腹痛めた子じゃけんね、なにがあってもこらえてね、我慢してね」

「…………」

「ヤスは、小さい時から心根のやさしい子じゃった。あれは、あの子が中学校一年の時じゃったか、うちが熊大に入院した時、往復五時間かけて毎日通うて来てくれて、体ふいてくれたとですよ」

お母さんはタオルを両目に押しあてて泣き出した。

「小夏さん、よろしく頼むね。見捨てんと別れないでおってね。あんたのこと、もうけもんだと思うとるけん」

簀《す》の子に両手をついて、何度も何度も、

「お願い、別れんといてね、我慢してよ」

お母さん言うのよね。

あたしももうどうしようもなく涙が出て、

「すいません、すいません、一生懸命やりますから許して下さい」

天井の高い広いピカピカの風呂の明かりとりの窓から、月の光が射しこみ、コオロギの鳴く声が聞こえていた。あたしにとって、忘れられない夜だったよね。

部屋に戻ると、ヤスはもう大口あけて、イビキをかいて眠っていた。大きな掛け軸のかかってる床の間のある部屋で、重たい、じとっと湿気を含んだような客布団にくるまって天井を眺《なが》めてると、あたしも、久しぶりに暖かいもんに守られてるような安心感でいつの間にか眠ってしまっていた。

翌日、四時の始発であたしたちは人吉に向かった。

真っ暗な中、兄さんだけが見送ってくれた。兄さんとヤスは、駅につき、ホームに出ても、最後まで何か言い争いをしていた。三輛編成の電車には、ヤスとあたししか乗っていない。

「ヤスーッ！　早く孫連れて、また帰って来いや！」

人のよさそうな駅長さんの叫ぶ声が、まだ明けきらぬ山なみにいつまでもこだましていた。

「兄貴の嫁さんは小作人の孫でよ、うちに嫁にこれるような家の出じゃねえんだ。それが昨夜おまえがいない時、俺に説教しやがんだから頭に来るよ。『小夏さんとならうまくやっていけそうだ』ってよ。いらぬお世話だってんだ。分家の叔父さんも、『村岡家の嫁』として合格点やるってよ。てめえは四十すぎまで人吉のホステスとくっついて、したい放題やってたくせによ。親父が生きてりゃ、あんな口きいたらぶっ殺されてたよ」

田舎に着いてからのヤスの態度を見てると、あたしはなんだかヤスが恐くなってね。やってけんのかなって不安になってたのよね。

「おい、おまえんちいつ行く?」

「あたしんちは行かなくてもいいよ」

「俺たちは犬や猫じゃないんだから、そういうわけにもいかんだろうが。結納だって、茨城と熊本じゃしきたりが違うだろうし」

二言目には犬や猫の子じゃないんだからといい、鞄《かばん》の中から暦を取り出して十一月十日の日どりさえ決めてしまった。

あたしは、ウェディングドレスだけは着てみたいとは思っていたものの、ヤスの調

子ののりようを見てるとやりきれなくなって、
「あたしはもともとあんたと一緒になるような人間じゃないのよ」
とイヤミのひとつも言いたくなってしまった。

II

勇んで茨城の水戸の私の実家に行ったものの、頑固《がんこ》な父からけんもほろろに扱われ、結婚の了解はおろか、ろくに話も聞いてもらえずに追いかえされ、ヤスはすっかりしょげかえってしまった。が、母さんが様子を見に京都に出てくると聞いて、ヤスはまた元気をとりもどした。

おばあちゃん一人になっている、焼津《やいづ》の母さんの実家で子供を産んだらどうかという話に、あいまいな返事しかしなかったのを口実に、出て来ることにしたらしい。

ヤスは、京都を案内するのだとレンタカーを借り、仕事も休みにし、張り切って駅に迎えに行った。

あたしは、せっかく体調ももどり、入院の心配もなくなってホッとしていたのに、ヤスから披露宴の招待者から引出物のことまで、毎日うるさくせっつかれ気が滅入っていた。

母さんは、電話では日帰りになるかもしれないと言ってたくせに、大きなトランクを二つ持ち、あたしと姉妹に見間違えられるような若づくりをしてやって来た。

「ごめんね、小夏ちゃんこの前は。あたしは泊まってってもらうつもりだったんだけど。ヤスさんもびっくりしたでしょう。きつい父親で。でも五年ぶりよ、一人で外に出してもらったのは」

年が十五も違う、口うるさい父親から離れて、ウキウキしているんだろう、ヤスの前だというのに平気でコンパクトを開ける。

あたしのお腹を見ても、

「あら、意外と目立つのね」

の一言だけで、具合はどうと聞くでもなく、大きなトランクに別段、産着を詰めてきてくれた気配もない。

「お母さん、どうしてそんなにきれいなんですか」

「あらあらヤスさん、見えすいたお世辞を」

「お世辞じゃないですよ、なあ小夏」

「だめよ小夏ちゃんに聞いても、あたしと張り合ってんだから。ヤスさん、あたしこれでもミス水戸に選ばれたことがあるの」

「えっ、お母さんもですか。小夏もミスでしょ」

「小夏ちゃんのは『偕楽園《かいらく》の梅娘』よ。それもお父さんが、市会議員やってて無理矢理一等にしたのよ」

「しかし若いですねえ。ちょっと僕と一緒に撮影所一回りしてみませんか。いろんなプロデューサーが歩いてますから声かけられるかもしれませんよ。お母さんなら大丈夫ですよ、僕が保証します」

母さんは真っ赤になって、

「冗談でしょう」

と言いながらも、まんざらでもなさそうである。

ワイワイはしゃいじゃって、あたしは口もはさめない。

「撮影所は明日にして、今日は京焼の知り合いの店に行きましょう」

親子なのよね、悪のりするところはあたしとそっくりなんだ。

「お母さん、義郎はどう？　一橋《ひとつばし》入れそうなの？」

「入れんじゃないの？　勉強してるみたいだから。でも、あの子はきっと、学校出てからはダメよ、あんたと違って気持ちがノミみたいに小っちゃいから。ねずみ年生まれはやっぱりだめね。ほら、あんたはトラだから、頼りになるわよ」

「なんとかってガールフレンドはどうなったの？」

「押しが足んなくってカッコばかりつけるもんだから、また木村君に持っていかれちゃったわよ」

水戸で初めて会った時の印象とはうってかわったくだけように、ヤスもあきれてたんだろうね、ポカンと口をあけて、お母さんを見ていたのがあたしはおかしかった。

「お父さんの体は？」

「演技よ、演技。悪いとこなんて、どこもありゃしないわよ。かまってもらいたいもんだから。小夏ちゃんが、まめに電話でもしとけば、こんなことにならなかったのよ」

「結婚式には出てくれないのかなあ」

「あんたたちを門前払いくわせた手前、引っ込みがつかなくなってんじゃないの。でも孫の顔でも見れば落ちつくわよ、もう年であとがないんだから。お母さんはもうあれこれ考えないことにしたのよ、さあヤスさん行こうか」

人吉から帰ってきて、六畳と四畳半に風呂付きのアパートに代わっていたのだけど、ヤスは、「兄貴が、手があいたら京都に来てマンションを見てくれると言ってるんですが」としきりに言いわけしながら、六畳にあたしと母さんの分の床を作ってくれた。久し振りに母さんと床を並べて寝た。でも母さんは、

「どうなの、仲よくやってんの？」

言ったきり、あたしが話し始めるともう安らかな寝息たててるのよね。

そりゃ病院で聞きゃなんでも教えてくれるけど、でもやっぱり、母さんに会ったら聞いてみようと思ってたことの、一つや二つはあったのよね。でも母さんらしくてよかった。母さんの寝息が聞こえたのか、ヤスが声をかけてきた。

「あちこちひっぱり回したから、疲れたのかな」

「もともと寝つきがいいのよ。それでいつも寝つきの悪い父さんに叱《しか》られてたわ」

「あのなあ、俺おまえのお母さん、大好きよ。俺、大事にするよ。その代わり、おまえも俺のおふくろ頼むよな」

「その代わりってどういうことなの」

わからないのよね、ヤスのこういう言い方が。

「俺、明日の朝、野球だから早く出るけどつまんないこと喋んじゃねえぞ」

「つまんないことって、なに？」

「いや、だから、いろいろよ」

「ないもん、そんなもの、つまんないことなんて。あたし、間違ってないもん」

ヤスの寝息が聞こえ、母の寝息と一緒になり、それが消えると、夜の静けさが、すっぽりあたしを包み込んでいた。いつもと違って、母さんが脇に寝ているせいか、八月の暑い中、銀ちゃんに連れられてヤスのあの四畳半へ行って以来三か月間の出来事が、思いかえされた。お腹の子は、男の子だろうか女の子だろうか、と思った。

次の朝、あたしたちはタクシーで、嵐山《あらしやま》の河原の河川敷にある野球場に向かった。グラウンドの見える待ち合わせの喫茶店で、母さんはしみじみと、

「好きなのねえ、ヤスさんは小夏ちゃんのことが」

「どうして」

「昨日だって、車の中であんたの話ばっかりよ」

「なんて言ってたの。はっきり言わないのよ、あの人」

「あんたの周りには心にもないことをはっきり言う人が多すぎたのよ。ちょうどいいのよ、あの人くらいが」

「あの馬面が」

「なんて口のきき方するの。自分の亭主でしょ。最初見た時は、刈り上げでこれが小

夏ちゃんのお婿さんになる人かと思ったら、あたし情けなかったわよ。専務の木田さんなんかあの人が若旦那になる方ですかって父さんに聞いて、怒鳴りつけられてたわよ、ハハハ」

「でもいいとこもあるのよ」

「ヤスさん、あんたを知るまで女知らなかったって言ってるけど、いくらなんでもいるの、そんな人、三十すぎまで」

「あの人、あたしに、そういうことで恩にきせるのよ、おらあ、真面目だったって、あたしに言われたって困るわよね」

グラウンドを見ると、八回の裏だった。相手方は、『大東テレビ』って染め抜いた真新しいユニフォームを着た、三十前ぐらいの若い人たちばかりなんだけど、ヤスたち大部屋連中は、スパイクなんてはいてる者もいなくて、運動靴や雪駄《せった》の人ばかりで、裸足の人もいる。

体だってガリガリにやせて、とても体力的にかなわないって感じなんだけど、みんな屈託なく、穴のあいたTシャツやランニングで埃まみれになっている。

応援の観客もチラホラいて、大部屋の連中がヒットを打つたびに、

〽虹の都　光の港

キネマの大地
花の姿　春の匂い
あふるる処
カメラの目に映る
仮初めの恋にさえ
青春燃ゆる
生命もおどる
キネマの天地

っていう、昔なつかしい『蒲田《かまた》行進曲』のカセットをかけて、大合唱する。

ひときわヤスは張り切っていて、「ワーッ」とか「オーッ」とか叫んでいるかと思うと、「蒲田大部屋の心意気を思い出せェー！」などと、大声を張りあげ、狂ったみたいに飛び回っているの。

「あっ、あの人」

母さんが声をあげた。

ブーブーと大きなクラクションをならして黒塗りのベンツが止まり、中から派手な毛皮を着た銀ちゃんが降りて来た。

「早起きだな、貧乏人どもが。俺に投げさせろ、ピッチャーやらせろ、時間がないんだ。おい、チンチラ持ってろ。汚すな、三百万だからな」

わめきながら、自慢のチンチラのコートを太に放り投げ、例のガニマタでマウンドに駆け上がって行く。

「いくら賭《か》けてんだ？　なんだよ、金も賭けねえで野球の試合してんのか。ここはスポーツマンの集まりか。よし、オレが一万出そう。勝った方にやるぞ。どけ、おまえ、俺がピッチャーやる」

ボールを奪い、投げ始めたんだけど、どうも、今までに一度もボールなんか放ったことないんじゃないかと思えるような、奇天烈《きてれつ》なフォームでボールを投げる。ワンバウンドしたり暴投したり、なかなかいいとこにキマらないのに、バッターに八ツ当たりする。

「おまえたち、多少ボールでも打てよな。フォアボールだなんてこすっからいのなしだぞ」

あたしは、久し振りに愛嬌のある銀ちゃんを見てなつかしく、大きな声で思いっきり声援したらどんなにか気持ちがスッキリするだろうなと思っていた。すると、母さんが突然、

「お母さん、小夏ちゃんはあの人と一緒になると思ってたのよ」

あたしの顔をのぞきこんできた。

グラウンドでは、あい変わらずボールがちっともはいらず、銀ちゃんは一人マウンドで右往左往している。

「打たんか、こら！　ボールだストライクだ選べる身分じゃねえだろうが、場を盛り立てんか。俺だって、仕事すっぽかして来てんだからよ」

好き勝手を言い放題の銀ちゃんにさすがに頭に来たのか、大東テレビの連中もバットを振り回し始めた。

やっとのことでチェンジになると、銀ちゃん今度は、

「バッターだれだ、千円やるから俺に代われ」

と、マコトからバットを横取りしてバッターボックスに立ったものの、ボールにかすりもしない。

「俺、ホームラン打つまでやめねえぞ。三振とか、俺は認めねえぞ。さあ投げろ……だから、今ワンアウトで二人目のバッターと思やいいじゃないか、二千円出すよ」

それでやっとバットにボールが当たり、一塁へ走ったんだけどアウトになった。

「しかし、スポーツやりすぎると頭がバカになるっていうが、たまのスポーツはいい

なあ。人間、やっぱこういう生活をせにゃいかんな。おい、おまえら、あんまりスポーツやりすぎてバカになるな。人間ダメにするのは3Sだぞ。スクリーン、スポーツ、セックスな」

　銀ちゃんは一万円札を放り投げて、ベンツに戻っていった。それをヤスが追いかけ、こっちを指さしながらなにか耳打ちしてる。銀ちゃんはあたしたちを振り返り、ニッコリ会釈をよこしてきた。

　野球が終わって、汗をいっぱいかいて戻って来たヤスは、コーラの氷をガリガリかじりながら、

「お母さん、銀ちゃんと会ったことがあるんですって」

「ええ、二年位前にちょっと」

「お母さんが来てるって言ったら、京料理でも食べようって、今夜南禅寺の清水亭に誘ってくれたんです。銀ちゃんは俺の親代わり、後見人って人だから遠慮することはありませんよ。……俺たち仲人やってもらうつもりですから。お母さんからも挨拶しといてくれると助かるんです」

　レンタカーの鍵をグルグル振り回しながら「さ、銀閣寺から回りますか」といせいよく立ち上がった。

あたしひとりアパートに帰って二人を待っていると、どういうわけで今さら、銀ちゃんと母さんとが一緒に食事しなきゃならないのかとムシャクシャしてきた。そこへ銀ちゃんが電話をしてきた。

「なんで俺がおまえのおふくろまで接待しなきゃいけないんだよ」

銀ちゃんのほうから叫びたてたが、あたしも、銀ちゃんの怒鳴り声に負けないくらい大声を出してやった。

「だって、銀ちゃんが誘ったんでしょ！」

「俺が誘うかよ！」

「今夜、母さんと会うって」

「知らねえよ、そんなこと。ヤスが、せっかく小夏のおふくろさんが京都まできてるんだから、おいしいもん食べさせてくれっていうんだよ。店を紹介するって言ったら、ついてきてくれっていうんだよ。俺だって仕事があるんだから、そんなこと言われたって困るんだよ。ヤスだってそれぐらいわかってるだろうが。どうなってんだよ、おまえら」

「銀ちゃん、お願いだから、もうあたしたちにかまわないで」

「別に、俺はなんにもしちゃいねえよ。この前だって結納についてきてくれだの、マンション買うんで保証人になってくれだの言ってきたんだぞ」

「知らないわよ、そんなこと。銀ちゃん、ほんとにあたしたちの仲人するつもりなの!!」

「バカ言うな、俺は独りもんだぞ!!」

「そんなことじゃないのよ、やってやるって言ったんでしょ、ヤスに」

「いくら俺が気が利くほうだからって、おまえらの仲人するために嫁さんなんかもらえんぞ」

「茶化さないでよ」

「落ち着けよ、なにわめき散らしてるんだよ。俺は仲人だって、だれかに相方《あいかた》頼んで、仲人してやってもよかったんだよ。ところがヤスがだよ、勝手に日取り決めて。俺、結婚式だって出らんないんだぜ。言ってあったのよ、十一月の十日はコマーシャルの撮影で日本にはいねえって」

しまいに銀ちゃんは本気に腹を立て、乱暴に電話をきった。

だけど、帰ってきたヤスは、浮かれて、約束の時間までまだ一時間以上もあるのに、急げ急げ、時間がないんだからとせかせて、

「おまえ、銀ちゃんに会うんだから化粧ぐらいしろよ。そんなボテッとしたくすんだ

色のじゃなくって、銀ちゃんの好きな水玉の、フワーッとしたピンク色のワンピースとかあるじゃないの。お母さん、ぼくたち二人とも銀ちゃんが大好きなんですよ」

お腹がせり出してそりかえるように歩いてんのに、今さらピンクの水玉もないだろうって思ったけど、もう意地になってヤスの言うとおり、プリーツのフワッと広がったワンピース着てやったのよ。突き出たお腹がよけい目立って、我ながら情けない格好だと思ったけどね。

「あら、じゃあたしも着換えようかしら」

の母さんの言葉にカッとなって、

「いい年して母さんが着換えてどうすんのよ。いいかげんにしてよ」

と、どなったきり、清水亭に着くまで口もきかなかった。

清水亭の格子戸をあけ、打ち水のしてある帳場に立って名前を言うと、白砂が敷きつめられた庭園に面した離れに案内された。

中庭は、山茶花《さざんか》におおわれた竹編みの生垣や建物をめぐるような植え込みが小山のように幾重にも重なり灯りの中に浮かんでいる。

ほどなく低いくぐり戸があいて、神妙な顔をした銀ちゃんが入って来た。

「どう、小夏さん、調子は？　もう動くの？　男かな、女かな。お母さん、僕にとっては妹の子供、いや孫が生まれるようなもんですから」

ほんとに、調子がいいんだから。

「お母さんからも、ヤスに説教してやって下さい。この前だって、テレビのレギュラーを断わっちゃうんですもんね。その頑固さを、私、決していけないって言ってるわけじゃないんですよ。ただ、今の時代、そういつまでも映画だ映画だってしがみついてる時じゃない、と言ってるんです。今、テレビの方たちが、ヤスのユニークなキャラクターを欲しいって言ってきてるんだから、そういうものに耳を傾けるべきだと言ってるんです。とにかくテレビじゃ欲しいと言ってるんだ、ヤスのことを」

顔をしかめ、腕組みし、ヤスを睨みつけながらすごい勢いでまくしたてるので、母さんも気圧されて、

「本当に、子供も産まれますから、そういうことも考えていただかないとね」

「ピッタシ、そこなんですよ、お母さん」

銀ちゃんはオーバーに膝《ひざ》を打ち、我が意を得たりとばかり、

「ところが、このバカが、世間というのは持ちつ持たれつだってこと知らない。このボケが、テレビを逆手に取ることをしない。このまぬけが、子供が出来るってのに、芸術だ映像だって腹の足しにならないことをほざいている。一回ガツンと言ってやら

ないといかんと思ってるのですよ、このうすらには」

ある時は顔をしかめ、腕を組み、ある時はヤスの胸倉をつかまえて、銀ちゃんの独壇場だった。

いつもいつも、この自信にあふれた、正体のわかんない説得力に、惑わされてきたのよね。途中で、またださされてるんだってわかりながら、つい、こんないい男のこんないい話にのっからなきゃ損だって思いもあって、結局同じことの繰り返しだったんだ。

仲居さんが料理を持ってくると、

「あ、すいません、この人お腹大っきいからなにか酸っぱい料理持ってきてあげて。酸っぱいのね。こちら、もうすぐだから」

見りゃ一目でわかるのに、お腹の前に両手で山作ったりするもんだから、そのオッチョコチョイな善人ぶりに、仲居さんも声をあげて笑ってんの。だいたいこんな大きいお腹になってから、酸っぱいものもなにもないのよ。

銀ちゃんは、飲むほどにますます陽気になっていった。

「いったい、おまえは、父親としての自覚ということをどう考えてんだ！　産まれてくるのは、犬や猫の子じゃねえんだぞ」

襖《ふすま》がビリビリ震えるほどの声で怒鳴りつけてたかと思うと、しみじみした口調で、「ガンバレ」とヤスの肩を叩き、泣かせるようなことを言う。

仲居さんから電話だって呼ばれて、銀ちゃんが出てったとたん、ヤスは、

「どうです、男気のある人でしょ、銀ちゃんは。最初会った時、僕は初めて男に会ったと思ったですよ。あんなふうですけど、なかなか照れ性で、情の細やかなとこもあるんですよ。銀ちゃんほどのスターさんが、こんなとこでお母さんに会ってくれるというのは、それだけ僕らがかわいいということでしょ。だから小夏には、銀ちゃんをないがしろにしちゃいけないって、常々言ってるんです。銀ちゃんが白と言ったら、黒いものでも白と言わなきゃいけない、死ねと言われたら死ななきゃならないんだって」

と熱弁をふるい、さすがの母さんも鼻白み、相槌をかえすのもうとましそうだった。

銀ちゃんは、電話のついでにトイレに行ったらしく、ズボンのチャックを上げながら戻って来た。

「なんだか今夜は最高の気分だな。今の、レコードの打ち合わせの電話だったんですが、役者も、売れりゃあ何してもいいんですもんね。お母さん、あたしオンチなんですよ。だけど、今、歌の上手下手なんて関係ないんです。歌手が歌下手なもんで、レ

コードの編集するために機械の性能がどんどんよくなってるっていいますよ。ぼくの歌だって、テープのつなぎ合わせで、生なんかじゃとても歌えやしません。あげくは、題名が『ぬくもり港』ですよ。『なにが〝ぬくもり港〟だ！』言ってやったんですがね、あたしは」

銀ちゃんがいると場が明るいの。母さんも笑いっぱなしだった。

もちろん、キリッとキマったりりしい銀ちゃんも、「やっぱり一枚看板はってる人だなあ」って見惚れちゃうけど、こういう陽気でおしゃべりで底抜けに明るいとぼけた銀ちゃんも、あたしは好きだった。

三十も半ばになって、いつもこんなに楽しそうにしてて大丈夫なのかしら、生き馬の目さえ抜こうってこんな世界で、こんなスキだらけで、やってけんのかしら。

「ほどほどにしたら」と言っても銀ちゃんは、ブランデーの水割をおそろしいピッチでおかわりしながら、

「ヤス、もう足崩せ。お母さん、私は連中にいつも礼儀だけは教えているんです。だけど、今日は無礼講でいきましょう、あたしら、もう他人じゃないですもんね」

初めはあたしのこと「小夏さん」って言ってたのが、いつの間にか呼びすてになっている。

「ヤスに朝飯とか、ちゃんと作ってやってるか。こいつは意外と昔気質の亭主関白だから、坐ってる前通ったり、先にフロに入っちゃったり、そういうの注意せんといかんぞ。男ってのは、たとえいくらバカでも稼ぎがなかろうと、ちゃんと立ててやらんといかんぞ」

「わかってるわよ」

「わかってないんだよ、おまえは。一回でもわかったためしがあるか。おまえら女は、男を立てようとしねえんだ。めぐみがそうなんだよ」

「ほら、出た。今日は洗いざらい喋っちまいなさい、胸がスーッとするよ」

あたしもちょっと酔っ払ったはずみで冷やかしたんだけど、銀ちゃん、うつむいて寂しい声で、

「小夏よお、今度めぐみに言い聞かせてやってくんないか。めぐみがわがままずぎんだよ」

「別れちゃえばいいじゃないの」

「別れて、俺一人っきりにするつもりか」

「知らないわよ、そんなこと。で、めぐみがどうなのよ、話してごらんなさいよ」

「もう終わりなんだよ、俺たち。最初っから無理だったんだよ。めぐみがよ、洗濯《せんたく》し

に来てくれるってから喜んで帰ると、これが洗濯もしてなくて、ソファに寝そべって長電話してるんだ。だったら期待させせんなってんだよ、もうまいるぜ。それで、あいつ、スティービー・ワンダーのレコード、ガンガンかけんだよ。疲れてるときゃ辛いよ。それに俺なんか、どっちかって言うと『津軽海峡冬景色』の方だもんな。それをめぐみの奴、バスローブを着てくれって言うんだよ。おまえ、バスローブなんか着てソファに坐ってみろ、スースーして気色悪いったらありゃしないよ。映画行ったら、コーラだ、アイスクリームだ、せんべいバリバリで、見てやしないんだよ。で終わったら、『どっちが悪い人?』こうだよ。もう二十歳《はたち》なんだぜ」

でも銀ちゃんは、喋れば喋るほど、言葉とは裏腹にちっとも辛そうではなく、陽気に、おもしろおかしく、話をつづけるの。

「お母さんも笑ってばかりいないで、親身になって聞いて下さいよ。そのめぐみってのが、言うことは一人前で『あたしのような若いのと一緒になれるなんて、あなた幸せね、こんな若い奥さんもらえて。あなたが五十になった時、あたしは三十六ですもの、いいわね』って言うんですけど、いいですか? あんた、五十になった男が、三十六の女をいいと思いますか? その時だって、やっぱり二十の娘の方がいいと思いますよね」

母さんは体を折って、お腹がよじれるほど笑っている。

「でも、お二人が好き合ってらっしゃるなら、それでよろしいじゃありません」

「好き合ってるかどうかも、最近はわかんなくなってきて。ハハハ……。俺、ほんとは小夏みたいのが一番いいんですけどねえ、お母さん。全く、ヤスのどこがいいのか、女ってもんはわからんもんですよね。しかし、小夏、おまえといるとほっとするなあ。やっぱり気が合うんだよなあ」

ってあたしの手を握ってきたりするの。ヤスは、また例の調子で、

「だから銀ちゃん、たまには小夏誘って一緒に飯でも食ってやって下さいよ。な、小夏、おまえいつも銀ちゃんに会いたいって言ってるもんな。銀ちゃん頼みますよ、小夏、今、大変な時なんですから」

「小夏が俺に会いたがっても、おまえが、俺に会うのいやがってんじゃないのか。小夏、どうなんだ、やさしくしてもらってるか？　ヤスが手あげたりなんかしないか？　おまえがこいつから殴られたりする筋合はねえんだから」

案の定、銀ちゃんはからみ始めた。そして、母さんがトイレに立ったとたん、ヤスにすり寄って、胸倉を引きつかんだ。

「ヤスよ、おまえ、あっちこっちでグジュグジュ、女くっつけられた、女くっつけら

れたって言いふらすなよな」
「いや、そんなこと言ってません」
「おまえだけには、はっきり言っとくが、俺は小夏を嫌いになって別れたんだ。そして、おまえは、小夏に惚《ほ》れて一緒になったんだ。そこんとこをお互いはっきりしとこうぜ。俺はな、おまえに、いつも辛そうに、女くっつけられた、女くっつけられたって顔で撮影所ん中歩かれんのがたまらないんだよ」

まだ少しはあった仕事も、ヤスと一緒になって事務所に顔を出さなくなると、パッタリ来なくなった。もちろん、こんなお腹じゃ頼まれても出ようもないのに、ああ、結婚して、子供産んで、いよいよほんとうに仕事やめるんだなって思うと、やっぱり寂しいの。十年も夢中になってやってきた仕事だから、少しは自信だってプライドだってもってたのよね。「それでも」って言ってくれる人がいないことが悔しいのよね。わがままだと分かってながら、イラ立ってヤスに八つ当りしたこともあった。でも、一方では心底ホッとしてるの。もう、一人で肩張ってやっていかなくていいんだものね。

お腹の子は七か月になった。貧血がおさまってきたのか、日に日に体がラクになっていく。

結婚式を一週間後に控えた朝、徹夜の撮影が続いてたヤスから、下着と弁当を持ってこいとの電話がかかった。

「うまいの作ってこいよ。人数がいっぱいだからな、魔法びんに二本で日本茶と豚汁入れてこい。お手ふきとつまようじと果物を忘れるな。あとは割箸が十組ぐらいと紙の皿だな」

さっそく、電気釜で何回も御飯を炊いておむすびを作った。一つずつアルミホイルで包み、重箱の一段目に入れ、二段目には、エビフライと鳥の竜田揚げと一口大のコロッケを入れた。アルミホイルでしきりを作り、油が染みないように紙ナプキンを敷いたりしてるとままごとをしてるみたいで心が落ち着いた。一番上の重箱には、ウィンナソーセージ、おひたし、レンコンのごま酢あえ、ブリの照り焼き、玉子焼きを入れ、柿の葉っぱを切って飾りにすると、我ながらほれぼれする出来上がりなのね。あたしもなかなか捨てたもんでもないなと感心しながら眺めていて、一つ一つこうやって覚えていこうと殊勝に決心なんかもしたの。

大鍋いっぱいに煮たごぼうや人参やこんにゃくや里芋を、両手いっぱいに提げて、撮影所に着いたのはもう夕方だった。俳優会館の細いリノリウムの階段を上がった四階に大部屋はあるの。何年もの間吊りっ放しだったんだろう、カーテンが茶色いヨレヨレのヒモのようになってて、畳はケバケバになったのがすり切れて、まるで砂地のようにザラザラしていた。洗面台がツバの吐き放題で、水を流さないので黄色くぬるぬるしていて、部屋は安酒の臭いが立ちこめてムッと吐き気がするほど。そして迎えてくれた人達の顔がみんなドーランと酒焼けでドス黒く、落ち着きのない目つきをしていた。

「さ、食ってくれ。料理はなかなかいけるんだ」

ヤスが重箱を広げると、一段ごとにオッとかワーとか言うんだけど、みんな遠慮して手を出さない。おたがい上目づかいにチラチラうかがうようにして、まともに正面から目を合わせようとしないのよ。

「な、おまえたちも小夏のことをお高くとまったスターさんと思ってたかもしれないけど、一緒に住んでみりゃただの人よ。ほら、こうして弁当も作れば、下着だって持ってきてくれるんだ。ね、縁なんてのはもう前世でとっくに決まってんの。テレビで見なかった？　一緒になる男とはくすり指が見えない赤い糸で結ばれてるっての。小夏だって、昔、撮影所で俺とすれ違った時、肩ごしに〝この人かな〟って感じたって言ってたしな、俺も『二十四の瞳』初めて見た時、〝他人じゃない〟って予感があったし、そういうもんなんだよ、うん」

みんな車座になって黙々と食べてる中、ヤス一人、手もつけず、

「どう、トメさん、お口に合う？　味つけが辛めでしょ、こいつ茨城だから田舎味なの」

「どう、マコト、厚焼タマゴ」

うしろをグルグル回りながら、

「三角のが梅ぼしで、丸いのがシャケ、たわら型がかつぶしな。じゃ、太はシャケを二つ食え。コロッケは一人二個、そのエビフライはパン粉にピーナツの薄切りがまぶしてあんだよ、うちのは——」

満足げにみている。こんな時のヤスって、もう銀ちゃんと同じなの。そっくりそのまま。真似してるのね、いや、しぜんに似ちゃうのよきっと。

「おい、イカと大根煮たの、今日は作ってないのか」

「イカのいいのがなくて」

「だって俺、いつもあれ大好きだって言ってるじゃないか。イカぐらい、いつも買っときゃいいじゃないか」

壁に寄りかかって足を投げ出し、タバコをふかしながら、だだっ子みたいにぐずり

始めた。

トメさんが、

「ヤスさん、これだけ御馳走があるんだからいいじゃないの」

ってなだめても、

「食べないよ、俺、売店でパン買って食べるからいいよ」

そのくせ、豚汁のおかわりなんかを自分でついでやって、マコトが残すと、

「全部食えよ！　小夏は一生懸命に作ってきたんだぜ」

頭をこづく。

「テレてんだよヤスさんは」

「自慢でしょうがないんだ、小夏さんが」

うちとけてくると、皆やさしくあたしの体を気づかってくれた。

久しぶりに撮影所を歩いてみた。なつかしいの。スタジオからはトンカチの音が響き、真新しい材木の匂いがして、道には雨風にさらされた白茶けた台本がパタパタ風にあおられている。撮影開始のアナウンスが撮影所いっぱいに流され、せわしげに人が動き始める。あわただしい人の動きが始まった。その躍動している空気に浸っていると、「子供を産んでもう一回やり直そうかな」と、いてもたってもいられなくなり

そうな気分になってしまった。

「階段落ち」のための階段が組んであるという第三スタジオに行ってみた。

スタジオの中は体育館のような作りで、薄暗い中、二、三人の人影がマットが敷きつめられた一角で、トランポリンやバーベルに汗を流していた。

トレーニングウェアで腕立て伏せをしている男は銀ちゃんだった。

「なにやってるの銀ちゃん！」

「努力にきまってるよ、体絞ってんだよ。売れてるやつはな、売れてるやつなりに、人知れずこういう努力してるのよ。いやな、最近タバコやめたら、コメのメシがうまくってなあ。四つんばいになるとダックスフントみてえに腹が出るんだよ。どうだい幸せか？」

「もう歳《とし》だね」

「それを言うな、辛いから。どうだ、仲よくやってるかって聞いてんだよ」

「……ええ」

「いいんだよ、俺に遠慮なんかしなくって」

「で、銀ちゃんはうまくやってんの？」

「だめだった。別れたよ」

「そう」

「なんだ今日は？　職場訪問か」

「ヤスさんが落ちるって階段見に来たのよ。ね、どれから落ちるの？」

「あれだよ」

そう言って銀ちゃんはスタジオの明かりを全開にし、つづいて中央のカーテンを引いた。

「えっ！　あんなとこから落ちるの？」

ゆうに十メートルは超える巨大な階段が、二十キロライトの砲列に照らし出されていた。大きなスクリーンで見栄えがいいように、手すりも、一段一段の幅も、大きく作ってあった。踏み板も厚さが五センチはあり、あがり框《がまち》に続く土間は、カメラのレールが敷けるように、にがりでカチンカチンに固めてあった。

その一段一段とあがり框の角が、あたしに突きささるように迫ってきた。あたしは恐ろしさに鳥肌が立ち、瞬間、腰が抜けそうになってその場にしゃがみ込んでしまった。

「死ぬじゃない、あんなとこから落ちたら」

「死にゃしねえよ、昔は時代劇撮るたびにやってたって言うぜ。五年前の『階段落ち』は富岡の奴がこわがって腰がキマらねえから失敗したんだよ。こんなもん、性根すえて落ちりゃあ、ケガなんかしねえんだよ」

「やめるようにならないの。あたし結婚式もあるし、子供だって生まれんのよ」

「式だの、ガキだの関係ねえよ」

「だって」

「フフ、心配するな。本当はよ、会社がビビって中止しようって言い出してるし、監督だってのり気じゃねえしよ」

「ほんと、ほんとに中止になんのね」

「だけどよ、俺は、最近のヤスの幸せそうなツラ見てると蹴《け》り殺したくなるんだよ」

「本当に中止になんのね」

「しつこいな、おまえも。中止だよ、今のヤスにはやれねえよ」

「よかった」

「これで俺の見せ場がなくなったんだぜ。『階段落ち』がなきゃ、もう橘が主役みたいなもんだよ」

　と銀ちゃんはあたしのオデコこづいて大きく溜息つき、階段の方をうらめしそうに見上げた。

「でも、やりたかったなあ。キマるんだぜ、俺。第一、フィルムなんかでつないだら迫力が出やしねえよ。教えてやろうか。どんなコンテか。まずな、ドンドンドンドンって池田屋の雨戸を俺たちが叩くんだ。そしたらな、『お二階の方々お逃げ下さいまし、新撰組のお見廻りでございます』って声と同時に雨戸蹴破って、この階段四人でドドッと駆け上がっていくんだよ。そしてヤスたち脱藩浪士をバッタバッタ斬《き》って、あの踊り場んとこでヤスと俺がクルッと入れかわるのよ。俺がヤスの胴を払って袈裟《けさ》懸《が》けに斬る。すると、ヤスが口に含んでた血糊をバーッと吹きあげて、俺の顔が赤く染まるのをクレーンカメラがズームで撮る。これがきれいなんだよ。で、斬られたヤスがまうしろにドドドドドーッと土間まで落ちるのをクレーンカメラが追う。ヤスのアップ。つづいて階段の上で見栄を切る俺のアップ。カーット！　俺いい顔するぜ、ここんとこで。カッコいいだろう。やりたかったよなあ」

「あたしも、その銀ちゃん見たいな」

「しかし昔のカツドウ屋は根性がちがったんだろうね。プロデューサーからもらった危険手当、くわえて起きあがり、そのまま病院に歩いてったっていうぜ。ま、頭をうまくエビみたいにまきこんでガードしてりゃ大丈夫なんだけどなあ。しかし新婚ホヤホヤを殺すわけにはいかんもんな」

「ありがとう」

「それにな、今ヤスとやったら失敗するよ。どうも最近呼吸が合わないんだよ。やっぱ、嫁さんもらうとなると人間変わるのかな」

「ヤスは、銀ちゃんが指名してくれないって、しょげてたわよ」

「仲人の一件からどうもあいつとやりたくねえんだよ」

「……………」

「ムチャ言いやがんだよ。銀ちゃんができないんなら、播磨《はりま》屋の大将に仲人頼んでくれって言いやがんだよ。大将はヤスのこと知りもしないんだぜ。断るとふてくされやがんだよ。仲人なんて誰でもいいじゃねえか。小夏から滝田のやつに頼んだらって言ったら、『やっぱり銀ちゃんクラスじゃなきゃ』と、こうだよ。おかしいんだよな。しかしあいつが結婚式に賭けるいきごみってすごいな。五百人は来てもらわないとって、そんなに人が集まるかよ。おととしの橘の時だって四百人位だったんだぜ」

そういえば、家に帰ってきてもヤスは、映画村で観光客相手に丹下左膳《たんげさぜん》の真似ごとをしている滝田に仲人されるなんてまっぴらだと、あたしにまであたり散らしていた。

「披露宴だって、俳優会館の二階でもブチ抜いてやれば安上がりなのに、国際ホテルだろ。どういう神経してんだ。今まで能がなかった分、結婚式で勝負しようって気じゃないか」

「あたしもお腹がこうだし、そうそう派手にしたくないって言ったんだけどね」

「ま、人それぞれだし文句は言えないけど」

「ごめんね、ずいぶん迷惑かけたみたいで」

「来週だっけ。俺ＣＭなんとか早く片付けて帰ってくるよ」

「ありがとう。銀ちゃんにも花嫁衣裳見てもらいたいんだ」

「おお、バッチリ見てやるよ!!」

あたしは胸に熱いものがこみあげてきた。幸せになるんだと思った。

「で、式の段取り聞いたか」

「えっ、段取りって？」

「普段落ち着いているやつに限って上がって、三々九度おかわりするやつもいるっていうからな。指輪を自分の指にはめる奴もいるんだって」

「なにをやるの」

「式及び披露宴の入退場、式次第だ。さ、腕組め」

言われて、しっかり銀ちゃんの腕を組んで、純白のウェディングドレスを着ている自分を想って、

「ほんとはこうなるはずだったのにねえ」

と思いきり脇腹をつねってやった。が、銀ちゃんは素知らぬ顔で、

「どうだ、ここは正直に、マタニティードレスで過去を悔いてみるか」

「真っ白いウェディングドレスを着るのよ」

「着れるか、アバズレのおのれの真っ黒い過去を振り返ってみろ」

「着りゃ、気持ちも真っ白になるんだよ」

「そんなもんか女は」

「そんなものよ、女は。教会のろうそくが一本一本消えてくのよね。真っ暗んなった中、パイプオルガンであのウェディングマーチが……あたし、きっときれいよ」

「盗人たけだけしいとはおまえのことだな。ズベ公にウェディングマーチなんてのが似合うか」

「ボリュームがでかけりゃ、過去なんてみんな吹っ飛んじゃうのよ」

「すごい門出だな」

「わかった？　女というものが」

「わかりたかねえや、そんなもん」

あたしは、しずしず歩いてキャンドルサービスの真似をした。

「君ね、小夏さん、人の灯さんざん吹き消しといて自分の灯だけつけようったってそうはいかないよ。ほら、あいつ、おまえがちょっかい出して、女房と離婚までした畠山も来るんだぞ」

「知ったこっちゃないよ、そんなことは。こっちにゃ神父さんがついてんだ」

「おそろしいアマだよ。亭主になる奴は尻に敷かれるぞ。でだ、ここからだ、面白いところは。おまえにスポットが当たり、新郎に当たるもう一台のスポットがさっとつくとな、ヤスじゃなくって俺が立ってるワケなんだ」

「…………」

「俺だと、やりかねないって思わないか」

「…………」

「みんなびっくりするぞ」

「…………」

「泣くなよ。結婚式だってなんだって、ウケなきゃしゃあないんだぞ!!　客だって期待してるだろうし」

「…………」

辛かったよね、あたし。だって、ずっとそのつもりでいたんだものね。

「次は指輪の交換だな。さっ指を出せ。……おっ、ぴったしだな」

「……なに、これ」

あたしの指にダイヤが光ってる。

「指輪よ。ふつうやらねえか、新郎が新婦に」

「ふざけないでよ」

「ふざけちゃいないよ、三十万もしたんだぞ」

「どういうことよ」

「一緒にならねえかってことよ俺と」

銀ちゃん、真剣な顔してすごい力であたしを抱きしめるの。

「……銀ちゃん、今まであたしにどんな仕打ちしたと思ってんの」

「わかったよ、泣くなよ。確かに指輪はめぐみのために買ったもんだけど、お流れになっちゃったもんで、すべり止めのおまえで手を打とうってわけよ。俺も世間の恐さを知って、ワンランク落とそうってわけよ」

「本気なの」

「本気だよ。おまえだって、四の五の言える女じゃねえだろう」

「今さら」

「なにが今さらだよ、このズベ公が。ありがたいと思え。さ、区役所行こう」

「八か月になって、あたしわかってきたのよ、なによりいつもそばにいてくれる人が一番大事なんだって。あたし、少しずつだけどヤスのこと好きになり始めてるの」

「嘘つけ、心を偽るな。おまえが好きなのはこの俺なんだ。好きでもない男と女が、こんなにうまく話せるわけないだろうが」

「好きだよ」

「だったら、いいじゃねえか」

「よくないのよ!!」

「後悔するぞ。こんな色男から突然プロポーズされて、おまえは動転してんだよ。さ、答えろ。一緒になるのかなんねえのか、魚屋行って、おばちゃん、アジとサンマを一緒にするからって、気楽に行きゃいいんだ。どうだ、オレがおまえみたいなアバズレと一緒になろうって言ってやってんだ。一、二の三で答えろ。だいたいおまえみたいな女は、俺に土下座して結婚して下さいって頼むのが筋なんだ。それを、なんだ、俺に恥かかせやがって。ほれ、答えんか、泣くなって」

　あたし、ゆっくり指輪を抜いて、銀ちゃんに返した。

「あたし、ヤスの田舎の人吉に行ったの、お母さんもお兄さんもとってもいい人でね。

あたしみたいな女のこと、いい嫁じゃいい嫁じゃって言ってくれたの。だから、あたしも、あの人たち裏切っちゃいけないと思うのよね」

あたし悲しくて立ってもいられないほどだったけど、銀ちゃんの目を見てちゃんと言ったよね。


披露宴には水戸の父さんも親戚も出席してくれず、母さん一人が、申し訳なさそうにうつむいていた。

会場の国際ホテルは太秦《うずまさ》の撮影所のすぐ前とあって、播磨屋の大将やお弟子さんたち、衣裳をつけた大部屋の連中など、撮影合い間の腹ごしらえのつもりで、たくさん人が集まってくれた。それでも会場が広すぎ、ヤスは受付に様子を見になんども往復していた。

ヤスの親戚たちは、初めのうちはひと固まりになって背中をくっつけてギョロギョロ目ばかり気味悪く動かしていたのに、酒が入ると、テーブルを色紙もって飛び回り、スターと言われるような人と肩を組んで写真を撮り回るやら大騒ぎ。とにかく、田舎の人はみんな声が大きいの。

「あの司会やっとるのミッキー酒井ですな。ありゃレギュラーおろされたんじゃないですか」

「ワシら田舎もんが見てもわかりますもん。やっぱ売れんようになると道はクイズの司会しか残っとりませんか」

「歌手ちゅうのは、ヒット曲がないと舞台やりたいと言い出しますもんね」

「あれ、あそこで喋っとる結城《ゆうき》ケンと大川みゆきは、やっぱりできてますとね。週刊誌が来ますばい」

田舎の人って、ふだん広いところで気兼ねなく喋ってるし、またそういうところで大声出さないと用が足りないもんだから、こんな場所でも傍若無人に怒鳴り合うのよね。その親戚の人たちの間をヤスがまめに動き回って、

「おじさん、聞こえるからね、ちょっと声落としてね」

「別にあの人は、売れてないから司会やってくれるわけじゃないんですよ」

弁解に汗みどろ。見てると、そのすぐ隣では、分家のおじさんが、ヤスでさえ口もきいたことのない播磨屋の大将をつかまえて、

「ヤスはやっぱ中堅どころですかな。それとも実力派とでもいうんですか。つまり、これからの成長株というとこでしょうな、ハハハ……」

言いながら、タバコの火を催促してるの。あたしまですっ飛んで行かずにはおれな

かった。

銀ちゃんは、天気のせいで飛行機が飛べないからと、とうとう間に合わなかった。六時から始まった披露宴が九時すぎまでかかり、トメさんたちとみんなでアパートにもどったのは十一時近かった。披露宴の折り詰めを開いて、みんなキャアキャア楽しく飲んでると、

「ドンドンドンドンドン」

ドアが叩かれ、開けると、ぐでんぐでんに酔っ払った銀ちゃんが、崩れるように部屋にころげ込んできた。

「ちゃあんと昨日帰って来てたんだよ、まいったか、ザマアミロってんだ。……ほう、楽しそうにしてるな。俺がいないと、やっぱり楽しいか」

ハワイで焼けた顔が酒で赤黒くなっている。アロハシャツの胸もとをはだけ、卓袱《ちゃぶ》台《だい》を囲んだあたしたちの前に仁王立ちになって、ユラユラ揺れながら、大きい目玉をギョロつかせている。

「いいとこ住んでんな、いくらだ、ここ、ここの部屋代だよ」

「三万五千円です」

「ひえ、三万五千円。能なしのおまえが、電気代、ガス代入れて五万の部屋に住んで

んのか。俺がおまえの年にゃ、売れてたけど電話も持てなかったよ。俺の引出物どれ？　二十万も祝儀渡してんだから引出物ぐらいもらっとかないとな」

と、ヤスの実家が引出物として用意した、しめたニワトリ一羽と折り詰め、紅白のモチに土鍋という包みを一つ一つ広げながら、「こんなでっかいモチ、二つももらったって、俺は独りもんだから食いようがないぞ」などと、悪態をついて、

「で、どうだ、アバズレもらった感想は。大した仕事もしてないのに、いっちょまえに女房もらった感想は」

「銀ちゃん、俺、ちゃんとやりますから。幸せにしますから」

「なにをちゃんとやるんだ！　万年大部屋のおまえが!!」

「俺、銀ちゃんを裏切るようなことはしませんから。俺、一生懸命やりますから、銀ちゃんの顔に泥塗るようなことしませんから」

ヤスは必死で銀ちゃんに取りすがって言った。

「今日はちょっと聞いてもらうよ、みんなにもな、なんで俺が小夏と別れたのか、どうしてこの女と別れることになったのか。結婚式の祝辞がわりに、話してやるわ」

さすがのトメさんたちも、

「まあ、いいじゃないですか今日のところは」

たしなめるが、銀ちゃんは聞かない。

「テレビに橘が出ると、こいつ『ワー、いい』って言って、キャッキャ見るんだよ。ちったあ神経遣ってくれって言うんだよ。橘みたいなタイプを好きだってのはわかるけど、俺のライバルなんだから、はしゃがれると、俺はたまんなかったよ。嘘でも、橘なんて大嫌いだって言ってほしかったんだ。外じゃ橘とはりあっていて、家に帰りゃ女にキャアキャアやられりゃたまんないぜ」

ひとしきりまくしたて、茶碗にウイスキーをドクドクついで、押し黙ったまま飲み干した。

白けた気分を押しつつむようにしてトメさんたちが帰り、三人になると、銀ちゃんは畳にへたり込み、ヤスの肩を抱いてしゃくりあげた。

「俺、これからどうやって生きてくのかなあ。ヤス、おまえだけは俺の気持ちわかってくれるな」

「はいわかります。銀ちゃん、俺たち決して裏切りませんからね、ね、銀ちゃん、元気を出して下さい。そうだ銀ちゃん、明日から伊勢に新婚旅行に行くんです。一緒に行きませんか」

「連れてってくれるのか?」

「もちろんですよ」

「一緒に行くっておまえ、今日の明日じゃ、切符だってないしよ」

「ありますよ、ホラ、この二枚が、小夏のぶんと銀ちゃんのぶん、俺は朝のうちに先に行っといて段取りしときますから、あとから二人でゆっくり来て下さいよ、ね、行きましょうよ、俺たち銀ちゃんのこと、他人と思ってないんだから」

「スケジュールだってあるしよ。会社と打ち合わせしてみないと……」

「スケジュールなんかいいじゃないですか。銀ちゃんは『新撰組』の主役なんだから」

「そうはいかないよ。それに、行ったたってどうするんだよ、俺一人で」

「何言ってんです。ハイヤーで小夏と銀ちゃんとで島めぐりですよ」

「で、小夏はどう言ってんだ？」

「決まってますよ、そりゃ小夏だって銀ちゃんと行く方が面白いのにきまってるんだもの」

あたしに目配せしたヤスの顔はむしろ生き生きとさえして見えたよね。

III

このところ暖かな陽気が続いていたのに、十二月の声を聞いたとたん、底冷えのする毎日になった。丹波山地に大雪を降らせたりする季節風が、足元から這《は》い上がってくる冷たい風に変わり、山肌が薄い灰色に包まれ、小雨とも霧雨ともつかぬもやが次第に濃くなって、乳白色の絵具で刷いたような冬化粧を始めた。

あたしは、体のむくみもなく、子供は順調に育っているとのことだった。ときおり、赤ん坊がポンポンお腹を蹴り、予定日の二月十日のことを思うとワクワクしてくる。

母さんがヤスのことをどう吹聴したのか、水戸の父の怒りもおさまり、しきりにヤスのことを気にかけ、最近は街までヤスの出ている映画を観に行ったりしているという。

あたしは幸せだった。

が、ヤスのあたしを見る目が冷やかで、あたしが話しかけても呆けたように宙をみつめていることが多くなった。

「男の子がいい？　女の子がいい？」

聞いても耐えきれなさそうな顔をする。

十二月の半ばにトメさん夫婦が遊びに来てくれた。

あたしが、ヤスのことを相談しようとする前にカヨさんが、

「ヤスさんの顔、変わったね。目つきが怖くなったよ。店でもよくお客に絡むしね。噂じゃ女癖も悪くなったっていうし」

「だってもてないでしょ」

「もてない男に限って、変に自信もつと強引になってタチ悪いのよ。女を見りゃ手当り次第だから、しょんべんバーのホステスからだって毛嫌いされてるらしいわよ」

朝方香水の匂いなんかプンプンさせてくることもあるけど、あたしはあれこれ聞いたりするのが嫌いなタチだから素知らぬ顔をしていた。

「女ができたのかしら、このところ、帰ってきたりこなかったりなのよ。どこに泊まってるの、トメさん？　教えて」

「早川さんのバーで、頼まれもしないのに便所掃除したり、客の吐いたゲロの始末したりって大変な尽くしようだって」

「誰、その人」

「気位の高い人で、俺たちは大嫌いだったんだけどね」

ったの』って映画やった時の相手役なんだよ」


「女優さんだったの」

「うん」

「早川小百合《さゆり》っていってね、七年ぐらい前、ヤスさんが主役の『当り屋』って映画やった時の相手役なんだよ」

「ヤスさん、主役やったことあるの」

「中止になったんだけどね」

　トメさんの話だと、『当り屋』は、鳴り物入りで封切ったお盆の大作がコケて、次のラインナップまでのつなぎに、急遽《きゅうきょ》二週間で撮り上げなきゃいけないという添えもの映画。なんでも梶原とかいった助監督が学生の頃、「映画評論」のコンクールで一位を取ったシナリオを使い、女房に逃げられた男が、子供を連れて全国を当り屋をして示談金をせしめながら女房を探して歩くストーリーで、あたしが京撮に来る前の話だった、という。

「いい話ね、でもどうして中止になったの？」

「ヤスさんが、本当に車にぶつかっちゃったんだよ。骨折して入院する羽目になっちゃって。そのとき早川も顔にガラスがささって女優をやめたんだけど、ヤスさんを一生恨んでやるって言ってね」

「フーン」

「それはそうとどうなの。小夏さん、うまくいってんの。心配なんだよ、俺」

「うまく、いってますよ、俺たちは」

ふり向くとヤスが、ドアを背に、顔を真っ赤にして、荒い息を吐きながらこちらを睨《にら》んでいた。

「俺と小夏の間に、なんの問題もありませんよ。あんまり、人のうちのことに口出ししてもらいたくないんですよ」

七時前だというのにかなり飲んでるらしく、足元がおぼつかなく、傘立てに抱きつくようにして玄関に崩れ落ちた。

「大丈夫なの、そんなに飲んで」

「亭主が帰って来たら身を案じて、ほら『大丈夫なの』。どっか問題あります？　しかし、どうです、小夏のこの変わりよう」

そして、あたしの前のビールのコップをあごでしゃくって、

「また飲んでるのか」

「飲んでないよ」

「いやねトメさん、少しぐらいだったらかまわないんだろうが、ほっとくとこいつ酒

もタバコもきりがないんだよ。トメさん、もう誘わないでくれる」

「あたしが退屈で来てもらったのよ。久し振りで、子供のことなんかで、いろいろカヨさんに聞きたいことがあったもんだから」

あたしの言葉が終わらないうちに、足で卓袱台を蹴っ飛ばした。

「退屈!! 退屈ってどういう言いぐさだよ。亭主がガキの出産費用稼ぎ出そうと働きづめなのに」

「やめてよ、トメさんたち来てるんだから」

「関係ねえよ、そんなこと。いまさら、俺たち、カッコつけてどうするんだよ。遊び好きのおまえが我慢できないのはわかるが、あと二か月なんだから、五年とか十年おとなしくしてろってわけじゃねえだろうが。女だろうが、一応おまえも」

「すみません」

「おとといだって、『ああ、今日みたいな日に、比叡《ひえい》山ドライブしたらいいだろうなあ』って、あてつけがましいんだよ。ドライブったって、俺は車持ってないんだから! 銀ちゃんと違って!!」

「また銀ちゃんなの!」

「カヨさん、聞いて下さいよ。あたしら銀ちゃんと違って大部屋なんですから、でも、言われたとおりやることはやってますよ。銀ちゃんに、男なら風呂付きの部屋ぐらい借りてやれって言われて、風呂付き借りましたよ。こんな狭い台所の隅にあるちっぽけな風呂で、申し訳ないとは思ってますよ。でも、俺にとっちゃ、せいいっぱいなんですよ。カヨさんならわかってくれると思いますが、俺らぶん殴られて五千円、蹴っ飛ばされて八千円ですからね。車は買えませんよ」

「そういうつもりで、小夏さん言ったんじゃないんじゃないの」

「銀ちゃんは、会えば『食うもん食わせてるか。栄養つけさせてるか』って言うんです。つけさせてますよ。せいいっぱいのことやってるつもりなんですよ、少ない稼ぎの中で。落っこちたり飛び込んだりもう体ボロボロなんだよ。俺の身にもなってくれなきゃ」

「ヤスさん、しつこいとこなんか、銀ちゃんに似てきたね」

「カヨさん、そりゃ似ますよ。小夏よりつき合い長いんだから、大切な人なんだから。俺は大好きなんだから銀ちゃんのこと。万が一流産させて、銀ちゃんを悲しませるようなことはしたくないんですよ」

「あたしたちもう帰らしてもらうよ」

「ちょっと待ってよ。今日はトメさんに聞いときたいことがあるんだから」

ヤスは、すごい形相でトメさんをにらみつけ、コップにウイスキーをドボドボつい
で一気に飲み干した。

「あんたたち、銀ちゃんに俺のこと告げ口してんじゃないの。最近おかしいんだよ、銀ちゃん、俺を見ると避けるんだよ。赤ん坊の名前つけてもらおうと思ってんのに会ってくれないんだよ」

「俺はなにも言わないよ」

「しかしどうして俺だけ、バッタリ銀ちゃんから仕事こなくなったの」

「…………」

「たしかに俺は出産費用稼ぎ出すために、銀ちゃんの仕事だけ待つってわけにいかなくなったけど、ちゃんと『階段落ち』があるんだからさ」

「え？　『階段落ち』は中止になったんじゃないの」

とわたしが言うと、

「バカなこと言わないでくれよ。中止になるわけないじゃないか。『階段落ち』がなかったら、橘が主役に見えちゃうぜ。それでいいのか、トメさん。俺たちがここまで来れたのは、銀ちゃんのおかげだぜ。レコードの話だって立ち消えになったし、『突撃』だって、正月のカレンダーだって、みんな橘にさらわれたっていうじゃねえか!!

大事な銀ちゃんが、橘の脇につかされてたまるかよ」

「万が一のことになったら、あたしはどうなるの」

「心配するな、手は打ってあるよ。そうそうカヨさん、『階段落ち』でうまく死んだら、トメさん名義で入ってる保険金三百万円そちらにいくからね。そのかわり、香典はふんぱつしてよね、小夏の出産費用になるんだから」

「なによ、三百万って！」

「『階段落ち』やる日のセットの前には、香典を入れる箱を用意しといて、香典をもらうようになってんだよ。だから、親しい人には、その香典のお返しに生命保険に入っておくってのがしきたりになってんだよ」

トメさんたちが帰ったあとも手帳を取り出し、保険金が入る人達の名前と金額をこれみよがしに読み上げた。

「銀ちゃんとおまえの名義で一千万円ずつな。どうだまいったか」

「はっきり言うけど、あたしは、もう銀ちゃんに、これっぽっちも未練はないの」

「会ってんだろ、ちょくちょくおまえら」

「会ってないよ」

「ま、いいよ。だけどやっぱり、銀ちゃんに仲人やってもらいたかったよなあ」

「バカなこと言わないでよ」

「どうしてバカなことなんだ、おまえだって、銀ちゃんとまんざらの仲じゃなかったのに。いいんだよ、俺はお飾りで。いつだって、俺は銀ちゃんが来さえすれば部屋に二人っきりにして、外で週刊誌の記者見張っててやるのに」

「いいかげんにしてよ」

「それに、なんで銀ちゃん、新婚旅行についてこなかったんだろうね」

「常識で考えて来るわけないでしょう」

「常識なんて言葉、おまえから聞くとは思わなかったよ」

「今さらそんなこと言われたって、もうあたしはあんたの女房なんだから」

「おまえが言ったのか、ついて来ないでって」

「言ってないわよ」

「おまえが、なんか銀ちゃんに嫌われるようなことしたんじゃないか」

「嫌われたってもういいわよ」

「前は電話があるとホイホイ出てったじゃないか。会ってなにしてたんだ。会っておまえら、なに話してたんだ」

「昔の話でしょ」

「聞きたいんだよ」

「お茶飲んでただけだよ」

「まさか」

ヤスの卑屈な、いやらしい笑いに、あたしは耐えきれず、ウイスキーを、グッと一息に飲み干した。

「あの銀ちゃんがお茶だけですますはずがあるかよ。そんなのいやだよ、俺」

「しつこいわねえ」

「これだけは、死ぬまで絶対、おまえに言わないつもりだったんだけど、俺、郵便貯金から毎月二千五百円ずつ引かれてるだろ。あれ、銀ちゃんの弟の高校時代の育英資金を代わりに返してやってるんだよ。理由なんかなしに、ずうっと。そんな仲なんだよ、銀ちゃんと俺」

「どうしろっての、あたしに。出て行こうか」

「一度聞いてくれないか。この前も、久し振りに一緒の仕事の時、俺ははり切ってたのに、銀ちゃんガンガン来ねえんだよ。遠慮してんだよ。大部屋の俺ら、そこのワンカットしかねえんだから、手ェ抜かれてボツにされちゃうと、元も子もなくなるんだよ。『階段落ち』だって、変にやさしく遠慮されて、目でもそらされて呼吸でも合わなかったりしてみろ、俺、落ちるのがこわくなって振り向いちゃうかもしれないよ。いいか、振り向いたら五千円でボツなんだよ、死人が振り向くはずはないんだから。バシッと、決めるんだ。そうでなきゃなんのために十年間も殴られたり蹴られたりして、女までくっつけられたのかわかんなくなっちゃうもんな。その女からまでコケにされ続けてよ。だからさ、前みたいに、虫けら扱うようにしっかり、叩っ殺す気でやってくれないと困るんだよ」

それからは毎晩、酒を飲んで、マコトや太たちと肩を組んで帰って来た。

「どうして俺が『階段落ち』やって死ななきゃならないかっていったら、この女のせいなんだよ。こいつの腹のガキの出産費用稼がなきゃなんないんだよ。ところが、この腹の子は俺を蹴り落とす銀ちゃんの種だから、俺もおめでたいよ」

わめき散らし、マコトたちを相手に、いつ果てるともなくダべりつづけるの。

「いまでも早川小百合は気位が高いけど、昔はあんなもんじゃなかったね。だけど、『当り屋』でやり合ったよ。打ち合わせするんでもサシで話さず、必ず助監督を通してくるんだよね。まあ、仕方ないよね、小夏と違って根っからのスターさんだから。そのくせ記者会見の席じゃ、『ヤスさんのような、脇でじっくりやってきた方と組めて勉強になります』、なんて言って、握手するとこ写真に撮らせるの。それがいざ始めると口もきいてくれない。それで俺は、徹夜してちゃんとセリフ覚えてきてるのに、カメラが俺中心に狙《ねら》ってると思うと、それだけでガタガタ震えだしてNGの連続だよ。俺がNG出すたびに、十万二十万の金が飛んでくわけ。それまではめんどうみてくれてたスターさんたちも、俺が主役になったとたん、わざときっかけをはずして撮影を遅らせるし、大部屋の仲間たちも足を引っぱるようなことばかりしたよね。

あれは、労務者街のロケの時だったよ。暑くてね、アスファルトが溶け出して足にベトつくような日だった。路地のあちこちには、労務者相手の一膳めし屋やホルモン焼き屋が軒を連ね、早朝六時というのに、工事現場へ向かうやつ、深夜労働から解放されたやつらでごった返していてね。カツを揚げる安い油の匂いがロケバスの中にまで漂ってきていたよ。

外に出れば少しは風も吹いてるんだろうけど、めったにロケ隊なんかが入るとこじゃないから珍しいんだろうね、仕事にあぶれた労務者や派手なアロハシャツ着たチンピラ、目つきの悪い手配師、それに物見高い近所のオバチャン連中やガキ共までがワイワイ集まってきて、大声で撮影のスタートをせかせていた。

しまいには、ロケバスをとり囲んでボディをガンガン叩いたり、カーテンの隙間《すきま》から、化粧してる早川小百合を指さして、

――近くで見るとシワが多いな。ババアじゃないか。

――この女じゃねえのか、政治家とホテルでどうのこうのっていうの。

――目の下の隈はそのせいか。

――ヒッヒッヒ。

早川小百合もキツイからね。いちいちにらみ返してるの。それがまた労務者たちを刺激して、よけいにバスをガンガンやるんだ。

シーンは、俺が早川小百合の運転する車に飛び込み、カネをせびるっていう段取りで、とことんつきまとってカネづるにして、体まで奪うっていう、あとのヤマ場の伏線になる重要な場面だった。ところが、ロケバスから一歩出たとたん、現場を確保するために張ったロープの向こうから、何百っていう視線が俺に集中して、たちまち俺は、心臓が飛び出し、息がつまりそうになってしまった。

テストの間じゅう、ヤジ馬たちのてんでに喋りあう声が、ウォーンってうなりになって、俺の耳に迫って来るんだ。喉がカラカラに渇いて、ニガい唾液ばかりを飲み下していた。

『本番いきます!』

ハンディカメラが低く唸《うな》りだし、監督の『スタート!』の声と同時に、カチンコが乾いた音をたてた。心臓は破裂しそうだった。

最初のカットは、あわてて駆け寄った早川小百合が、俺に『大丈夫ですか？』って言って、ヤジ馬役の大部屋連中がのぞき込むなか、『あー痛てえ、病院に行かなきゃあ』。これだけなのに、声が出ないんだ。口パクパクあけてるだけ。陽がガンガン照りつけてて暑いはずなのに、全身の汗がスーッとひいていくのがわかるんだよ。忘れるようなセリフじゃないけど、軽蔑《けいべつ》したような顔で早川小百合に覗き込まれると、どうしても台詞が出ないんだよ。

見物の労務者たちも、雰囲気でおかしいってわかったんだろうね、いっせいに俺のほう指差して何かはやしたててるんだよ。助監があわてて静かにしてくれって頼んでんだけど、暑さにイラ立ってる連中に逆に因縁つけられて、殴り飛ばされていた。

『どうにかなんないの、この大部屋さん』

そう言って早川小百合はプイと、汗で流れた化粧を直しにロケバスに戻っちゃうし、照明さんからは、

『この暑いさ中、レフ板持ってる俺の身にもなってくれよ』

ってドヤされるし、助監督は午前中の交通止めの時間が、切れるって時計を気にしてるしで、俺は、いても立ってもいられなかった。

二度目は俺、出をトチっちゃったの。おまけに車のエンジンの調子が悪くなって、ヤジ馬はますます騒ぎたて、撮影は一向に進まない。

炎天下に立ちっぱなしなのと、『また十万円ふっとんだ』『また二十万ふっとんだぜ』の声で、俺は小便洩《も》らしそうだった。

とにかくこれを最後にって、もう一回だけ挑んでみたんだけど、あせりが早川小百合の台詞を食っちゃって、またNG。

これ以上は耐えきれないとばかり早川小百合が、

『あたし、もうイヤ』

って俺にツバ吐きかけて、勝手に休憩に入っちゃったんだ。

大部屋の仲間たちでさえ、

『誰か代われねえのか、あれくらいの台詞』

なんて吐き棄てるように言ってね。

メシが先だということになって、ドヤ街の資材置場の隅で仕出しの弁当を広げていると、笑い声が聞こえるんだ。

早川小百合が監督たちと笑いながら、チラチラこっち見てんだよ。

大部屋連中もひとかたまりになって弁当を食いながら、それみたことかみたいな目で俺の方を見てた。俺、やっぱり本当に、脇に生まれついた人間は一生脇で生きていかなきゃならないんだって、思ったよね。

ドヤ街に照りつける陽の光は午後になっていよいよ強烈で、熱で緩みだしたアスファルトの舗道からは陽炎《かげろう》がゆらゆら揺れていた。

午後の開始の合図があっても、まだ俺の震えは止まらなかった。寒くて寒くて仕方ない。歯がガチガチ音をたてて、皮膚という皮膚が粟粒立《あわつぶだ》ってるんだよ。

撮影がなかなか再開しないのに業を煮やした労務者たちが騒ぎはじめ、退屈して走り回ってた子役が、何かにけっつまずいて転んでベソをかいていた。俺が抱き起こして泥をはらってやるとよけい火のついたように泣き始めたんだよね。

ちょうど出て来た早川小百合がそれを見て、

『あら、かわいそうに、泣かしちゃって』

大きな声でまるで俺が疫病神かなんかみたいな言い方するんだよ。

俺はとにかく恐くて、どうすればまるく収まるのかばっかり考えていたよね。本当に車に轢《は》ねられて死んじゃえば、この映画中止になって、こんな思いしなくてすむのかなあって。

どのくらいその場に立ちつくしてたんだろう。

『これが済んだらまた大部屋に戻してやるから、車にぶち当たってみてよ。スタート！』

監督の声で顔を上げると、カーブを曲がってこちらに走ってくる車が見えた。早川小百合は気取ったトンボ眼鏡の奥で、薄ら笑い浮かべ挑んでくるような目つきだった。俺は飛びこもうと決心した。

ガガンっていう鈍い音とともに体全体に痺《しび》れが走った。急ブレーキの軋《きし》む音が耳に突き刺さり、コントロールを失った俺の体はボンネットに跳ね上げられ、フロントグラスを砕いていた。飛び散る破片が陽の光をうけて虹色に光ってね、一瞬、早川小百合に突き刺さっていくのが見えた。ウォーという群衆の叫びの中で風景がゆっくり回転し、次の瞬間、俺は舗道にたたきつけられた。途切れていく意識の中に、やっと自分の居場所を見つけたような安堵《あんど》感があったよ。もうこれで、ライトが俺を照らすことも、レフ板が俺に当たることもなくなったんだって。あんなに主役やりたいと思っていたのにね。

でも俺、命に別状はなくて、骨折で三か月入院しただけだった。三百万パーにしたって、あとで聞いたけどね。

だけど、早川小百合に女優をやめさせ、助監督も退職に追いこんでしまったんだ。

俺は片腕もがれたって、足一本折られたって、どんな役だってやって会社に借り返していかなきゃなんないんだよ。『階段落ち』だってやめられないさ。それに、銀ちゃんだけは、俺のこと誠心誠意虫けらとして扱ってくれたんだ、恩返ししなきゃあな。小夏だって、前はよかったんだ。俺はやさしくされるの慣れてないし、不安なんだよね」

明後日は「階段落ち」だという十二月二十六日の夜、帰ってきたヤスは、「いよいよあさってだな」と言いながら、また、なにか新しいいんねんをふっかける材料をみつけようとキョロキョロ部屋を見回している。

あたしは、ただただこわかった。

ヤスは、黙って台所の鍋の蓋をあけ、指で鍋のまわりのぐるっと固まったカツオブシをこそぎ取り、そのまま鍋をひっくり返した。反射的に、あたしはお腹をかばっていた。

「おまえの家じゃ教えなかったか、ダシ取ったあとのカツブシは網になったお玉ですくって捨てるってこととか、盛りつけ方とかをだよ、おまえのおふくろさんは」

「教えてくれたけど、あたしがズボラだから」

「俺のおふくろの場合は、こまごまと妹に教えてやってたぜ。おまえのおふくろさんと違って、いつも朝から晩まで真っ黒になって畑や田んぼに出てた人で、学もないけどね。妹が結婚する時もな、どこにそういう金があったのかと思ったけどね、タンスとか鏡とかちゃんと買ってやって、料理なんかも習わして、亭主に尽くすんだよ、なにがあっても我慢するんだよって、口を酸っぱくして言い聞かせてたよ。妹の相手は、隣町の中学出の旋盤工で、給料だって六万そこそこのうだつのあがんない奴だっていうけど、毎朝、妹は野菜ジュース作ってるらしいんだよ」

「今日はなにが言いたいの。あたし気が狂いそうなのよ」

「俺なんか、毎月なんだかんだで二十万は稼いでるってのに、中学出の旋盤工が野菜ジュース飲めて、なんで俺が飲めないいんだ」

「飲みたいなら作るよ。ちゃんとやるよ、これから」

「もう遅いよ。俺は死ぬんだから」

ヤスは勝ち誇ったような顔をする。あたしが応えないでいると、

「おまえんちのおふくろはいくつだ」、全然、その場に関係ない話を持ち出すの。「もう五十過ぎなんだろ。口紅なんかつけて、赤い花柄の洋服なんて着ちゃってて、なんだあれは。俺んとこのおふくろ、俺たち育てるので手いっぱいで、ものごころついて

から口紅つけんのなんて見たことないよ。新しい洋服買ったの見たことないもん、かわいそうなもんだよ」

それでもあたしが黙ったままでいると、また方向を変えて責めてきた。

「タバコ吸えよ」

「いいよ」

「隠れて吸ってんだろ」

「吸ってないよ」

「もし俺が生きのびて、おまえと別れるときが来たら、これだけは言っておこうと思ってることがひとつあるんだ」

「あんた、事あるたび死ぬだの別れるだのって言うけど、あたしたち別れるわけ」

「いや、別れはしないよ」

「だったら言わないでよ」

「おまえさ、俺の田舎の家に来たとき、便所に隠れてタバコ吸ったでしょ。え？　みんな知ってんだよ」

「あたしも気に入られようとして緊張してたから、つい」

「いいんだよ、吸ってくれても、俺の前だったら。ただ家は田舎だからさ、女がタバコ吸うなんて考えられないことなんだよ。田舎だから、タバコなんか吸ったら、すぐ町中知れ渡っちゃうしさ。俺も、小さい時から親不孝ばっかりしてきてるし、せめて嫁ぐらいな、普通の、まあ中の下ぐらいを連れていきたかったよ。親父が生きてりゃまだ、タバコ吸ってくれてもよかったんだけど、死んじゃったし、バカ息子の女房はタバコを吸ってるわじゃ立つ瀬ないぜ」

「すいません、気がつきませんで」

「それと、おまえんちの親父さんのことだけどね……」

「もういいじゃない、父さんとか、母さんとか。別に、ここで一緒に住んでるわけじゃないんだし」

「料理食べて、なんとも言わなかったわけ」

「だから、あんたが父さん嫌いなのはわかるのよ。だから会わせないようにしてるじゃない」

あたしが何言っても同じなのよね。無表情に、じっとあたしを見る目は冷酷そのものので、ヘビが目の前の獲物をどう料理しようかって、いたぶる目なの。

「しかし、変わってるよな、あの親父さん。俺たちが水戸に行った時、高い天井の、薄暗い酒倉の一番てっぺんから、『きさま、中核か！ 革マルか！』って酒びしゃく投げつけてきたあの親父さんだよ。おまえ、昔なにやってたんだ。洗いざらい過去を喋ってくれないか。俺も心構えしとかなきゃなんないだろ、街歩く時さ。突然『小夏、元気?』なんて言われるもんで、ああこいつともかって思うと、変に挨拶《あいさつ》もできないしな」

「誰から言われたのよ、そんな人いないわよ。あたし、うしろ指さされるようなこと何もしてないわよ」

「いばるなよ、そんなところで。しかし、おまえ、いったい過去がいくつあるんだ。この際、洗いざらい喋ってくれないか」

「それっきり。学生運動だって体もてあましてまねごとだったのよ。あたし、革マルも中核もなんにも知らないんだから」

「しかし、ムチャクチャだよな。親父さん、俺が『初めまして』って下手に出てんのに、ひっぱたくんだもんな」

「あたし一人娘じゃない。お父さん、あんたをぶつことに一人娘を嫁にやる男親の哀しみをかみしめてたわけよ。ましてあたしお腹が大きくなってたし、ほらそういうのよくあるじゃない、映画なんかで」

「俺、よく黙って耐えてたよ」

「ありがたかったのよ、あたし、あんたがヘラヘラぶたれてくれて。今なんか、あんたのこと気に入ったって、ほらこの前、丹前送ってきたでしょ。あれ、お父さんとお揃《そろ》いなんだって。めったにそういうことする人じゃないのよ。あたし、今だから言うけど、あんたがなにも言わないで黙ってぶたれてくれた時、胸がジーンとしたのよね。あれ見て——ああ、女はやっぱりこういう人に惚れなきゃいけないなあ。ずっとこの人と生きてゆこう。この人となら赤ちゃん産める——あんた、頭下げたまんま、へえへえ聞いてくれてたじゃない。お父さんビッチャンビッチャン叩きながら、『きさま、この野郎！　人の娘なんだと思ってんだ。なにやってんだ!!』とか言ってたでしょ。それなのに、あんたは、ハイ、ハイぶたれてくれてたじゃない。ほんとにありがたいと思ってたの」

「知ってたんだ、親父さん、お腹の子が俺の子じゃないってこと」

ここまで、あたしもお腹の子も踏んばってきたんだから、こんなことで挫《くじ》けられやしないよ。だって、もうすぐ赤ちゃんが生まれるんだもの。

「答えろよ、知ってたんだろ、お腹の子が俺の子じゃないってこと。知ってて、俺の頭酒びしゃくでガンガン殴ってたんだ。知ってて、おふくろさんはハンカチで目を押さえて、『小夏が不憫《ふびん》で、小夏が不憫で』って、近所中ふれ回って歩いてたんだ」

「知らないよ、知らせられないよ」

「だったらおまえの家は相当おかしいぞ。人間的に欠陥があるんじゃないか。それに結婚式だよ、さすが腹立ったね。どうして来なかったんだ。え、どうして？　結婚式のとき、右半分のおまえんちの親戚の席がだあれもいなかったんだもんな。反対側の俺んちの親戚の席、親戚中でワンサカワンサカしてて。そりゃそうだよ、熊本の人吉のもっと山奥から百姓どもがバス連ねてやってきたんだもんな。似合わねえチンケなネクタイして、百姓どもがよ、『ワー結婚式だ、結婚式だ』、ワッショイ、ワッショイ、やってきたんだもんな。真っ黒い顔してよ、おもしろかったか？　おまえ、腹の中じゃ笑ってたろ」

「ありがたいと思ってたよ。あたしのために九州からバス借り切って来てくれたんだもの」

「おまえんちが出席しなかったのは、やっぱり家柄の違いっていうことか」

「そういうことは関係ないよ」

「しかしこの前、人吉みかんを水戸に送ったら、送り返されたって言ってたぜ。どうしてそうまめに意地の悪いことやるわけ。俺んちが百姓だからか」

「弟がやってんのよ、そういうこと。姉弟二人だけで、あたしのことになるとヘンにムキになっちゃって、昔からそうなのよ」

「俺んちは、おまえんちに対してオドオドしてんだよ」

「弟とは小さい頃から勉強部屋が一緒で、あたしが『偕楽園の梅娘』に選ばれたときも、一番喜んでくれた子なのよ、だから」

「銀ちゃんの時はなにも言わなかったんだろ、その弟は」

「弟とあんたとは、相性が悪いってだけで、それでいいじゃない」

「最近、俺も知ったんだけど、おまえんちの親父、人を使って俺んち調べたんだって？　そりゃあどこだってあるよ、一つや二つ人に知られたくないことが。でも、調べるか？」

「だってあたし一人娘だから」

「その一人娘が、人の家のことをとやかく言えるようなことやって来たのか⁉」

「あたしはやましいことはなにもやってないって、どうしてわかってくれないの」

「調べてなにか出たか？　調べて欲しいのはおまえだよ。おまえの腹の中だよ。おまえもグルなんだな。なにか出たかよ、俺んちから。なにも出なかったろ、ただの百姓なんだから。おまえもグルか」

あたしはもう、情けなくって涙も出ないのよね。

「おまえ、銀ちゃんに会って保険金の使い途話し合ったか？」

「この際だから、はっきり言うけどさ、なんであんた、あたしの別れた男をいちいち持ち出すの？　あたしたち、きれいに別れたのよ。あたしは、いい思い出としてしまっておこうと思ったの。あたしは銀ちゃんのこと別に後悔してないし、あんたに悪いとも思ってないの。銀ちゃんのことはいいからさ、あたしはどうなのよ。あんたが、あたしのことどう思ってんのか知りたいのよ。これからのあたしたちの生活を、あんたがどういうふうに考えているのか、知りたいの。答えてよ」

「俺にそんなこと言えた義理かよ。俺はコブつきの女を押しつけられただけなんだからよ」

「あたしはくっつけられたわけ？　好きになって一緒になったんじゃないのね。あんた、今になってそういうこと言うんなら、初めに、この部屋に来たときに、三か月とか四か月とかに言ってくれれば、あたしだって処理できたのよ、それをあんたが、子供好きだとか、俺の子として育てていいかとか言うからさ、あたしだってその気になったんじゃない」

――夜遅く九州のおかあさんから電話がかかってきた。あたしの声で察したのか、「ヤスがなにかしよるんじゃないね。我慢してね。あたしがそっち行こうか。それとも兄ちゃんを行かせようか」

あたしが電話口でいっしょうけんめい嗚咽《おえつ》をこらえてると、ヤスが傍から受話器をひったくり、おそろしい剣幕で受話器を叩きつけた。

「おまえ、バカにすんのは俺一人で充分だろう。なにも知らない俺のおふくろをあんまり騙《だま》すなよな」

「騙すなんて……」

もう声も出なかった。

「おふくろだけは、そっとしておいてくれ。お願いだ。苦労ばっかりして、なんにも知らないんだから。学校にも行けず、字も読めない人なんだから、何も知らない、うぶな人だからよ」

あたしのことが、やることなすことみんな憎くなったみたいなのよね。

「おまえのこと、田舎の奴ら好きだからなあ、兄貴も親戚もみんな子供が生まれるのを楽しみにしてるんだよな。兄貴もおふくろも、おじも、親戚中、おまえのこと大好きでなあ。いい嫁だ、可愛い嫁だ、ヤスはよくやった、ヤスはいい嫁つれてきたって、みんな喜んでくれてんだよな。兄貴の嫁さんなんかよお、集まりで、小夏さんには親戚のやつらに指一本触れさせない。私が村岡家に嫁いできて味わった苦労を、小夏さんには味わわせたくない、って宣言したんだって。おまえのこと、ほんとに気に入ってんだよ。

兄貴の子供たちよ、みんなおまえのこと好きだって。いつ小夏おばちゃん来るの？　いつ会えるの？　あのいい匂いのする小夏おばちゃんいつ来るの？　もう大変な騒ぎなんだって。ヤスおじちゃん、小夏おばちゃんいつ来るの？　いつ赤ちゃん連れて来るの？　さちおなんか、まだひとつにもなってなくて、口きけないんだけど聞くんだよ。小夏おばちゃんいつ来るの？　赤ちゃん、いつくるの？　聞くんだって。今度小夏おばちゃんが来たら、海連れていってもらうんだ。山ん中で海なんか見たことないんだよ、あいつらは。泳ぎ教えてもらうんだ。縁側でバタバタ泳ぐ真似してるんだってよ。みんな楽しみにしてんだ。……流産なんかするな。絶対、丈夫な赤ちゃん生めよ、みんな待ってんだから」

言うと、ヤスはさめざめと泣きはじめた。

そんなヤスを見ながら、あたしは、出て行こうと決心していた。

十二月二十八日。とうとう「階段落ち」の日が来た。

くもり空がどんよりたれこめ、屋根を打つみぞれの音まで重くるしく、夕方の四時頃には、夜のとばりがおりたように、すっかり暗くなっていた。

ヤスは朝から、「今日は俺が主役だからな、俺が行かないと撮影できないんだからな」、得意気に家中歩き回っていた。

「小夏よ、俺、今日だけはスターさん並みに遅れて行くからね。絶対、時間どおりスタジオに入らないからね。三十分は遅れて行くんだ。今日だけはこわいもんなしよ。みんな待ってんだよ、この俺のことを。俺が行かなきゃ始まらないんだよ。今日だけはクレーンカメラが俺ひとりのもんよ、俺だけのアップにカメラマンが五人がかりさ。銀ちゃんだって、播磨屋の大将だって、橘さんだって、中村の先生だってみんな俺のスタジオ入りを待つんだよ。今日だけは。日頃虫ケラ扱いしてるこの俺を。

みんなジリジリしてるよ。それを、『あのヤロウ、ヤスのヤロウなめやがって』って、怒り出すギリギリまで待たせてやるんだ。

俺が、『お待たせ』って入ってくだろ、そしたらざわついていたスタジオがシーンとなるよ。助監なんか飛んでくるさ。

『ヤスさん急いで下さいよ、みんなずいぶん待ってるからね』

青い顔して走ってくるだろうが、俺は知らん顔よ。

『だれが文句いってんだって?』

聞こえよがしに言ってやるよ。こっちは死ぬ覚悟なんだからね。恐いもんなんてありゃしないよ。大道具さんが俺に耳うちする。

『ヤスさん、ちょっと階段のしなり具合みてくんないかね』

『ああいいよ』

俺は軽くうけてやって、階段をひと踏みひと踏み、念入りに登っていくのよ、みんなが俺のこと見てるよ。それから俺は刀のさやをぬいて上からころがしてやるのよ。上からコロンコロンコロンってすべっていって、土間のところにカチーンと、音たてて落ちるよね。

そこで俺は、

『ちょいと待て！』

大声で言って階段をかけ降りて土間へ行き、ポケットに隠し持ってたガラスのかけらかかげて、

『きさま、だれが落としたんだ。こんなところにガラスが落ちてるじゃないか。ちょっと、昭司来い！　俺を殺す気か』って、みんなの見てる前で、助監の昭司をガンガンひっぱたいてやるのよ。そのへんの照明器具とかだってガンガン蹴りつけてやるのよ。みんな知ってんだよ、俺が自分のポケットからガラスのかけら出したっていうの。

が、何も言えやしないんだよ。

　みんなはさ、

『ヤスのヤロー、もし生きてるようなことがあったらぶっ殺してやる』

　って内心思ってるんだよ。でも、黙ってこらえてる。もうたまらない快感なのね、そのとき、俺。

　そのうち監督が言うよ、『そろそろやろうか』って。

　俺はそ知らぬ顔してタバコに火をつけて、

『タバコぐらいゆっくり吸わせろよ、やるときは俺がスタートのキューだすよ』

　もうみんな、いまにも殴りかかって殺してやろうって顔だよね。だけど、今日ばかりは誰も俺に逆らえないんだ。「階段落ち」は一発勝負だ。死なないまでも、半身不随は保証つきって仕事なんだ、撮り直しはきかないんだよ。カメラマンだって、何度もフィルムを点検しなおしてるはずだよ。照明さんだって音声さんだって、ミスがないように必死のくり返しよ。

　タバコ吸い終わってプイと捨てて、

『カメラ回してくれや、さ、行こうか』

　俺が言うんだよ、きっとたまんないだろうね。

……これだけは言っておくぞ小夏、俺は、ただ落っこちるんじゃねえんだ。志平ばにして死んでいく勤王の志士として、落ちていくんだぜ。一歩でも二歩でも這《は》いあがっていってやるよ。……いくら俺が殴られたり蹴られたりの役者だって、このくらいの役づくりはしてんだからな……銀ちゃんに言っとけ、手ェ抜くようなことがあったら叩き殺してやるってな」

ヤスが出て行ったあと、あたしは荷物をまとめて家を出た。

外はみぞれが雪に変わり、身を切るような冷たさだった。体は芯《しん》まで冷えきっていて、大きなお腹の重さだけが、あたしの、ひとあしひとあしの支えだった。

睫毛《まつげ》も凍りつくようで、指先が寒さで痺《しび》れ、体はもう感覚がなくなっていた。桂《かつら》川の黒い水面《みのも》に真っ白い雪がすいこまれていくのを、あたしはただぼんやりとみつめていた。気がつくと、靴は脱げ、持っていたはずのトランクもなくなっていて、裸足で川べりに坐りこみ、あたしは、無意識に両手でお腹をこすっていた。

ズキズキするお腹の、はち切れそうな痛みはこらえようがない。陣痛が始まっているのかもしれないと思い、病院をさがそうと立って歩き始めた。

寒さと不安に、目の前がぐるぐる回り、歩きながら何度も気が遠くなった。

降りしきる雪のために街の灯がぼやけ、それなのに、太秦の撮影所の光だけが、目の裏側にはっきり映っていた。

ヤスの、「怖いよ、怖いよ」という声を聞いたような気がした。同時に、遠くで小さくパトカーのサイレンの音が聞こえ、階段を作るトンカチの音と交差し、さらに照明のぶつかり合う音や、スタッフたちのざわめきが、耳の奥で鳴り響き始め、それがだんだんに大きくなり、大きくあたしを包みこんできた。

遠くなる意識の中で、目の前にスタジオの明るさが広がった。ガラスをこするような、カメラのキリキリ回る音。「スタート」という助監督の声。ドンドン雨戸を叩く音に、バリバリと蹴破る音が続く。浅黄色でダンダラ模様の着物を着て階段を駆け上がる大男たち。

ヤスは、その大男たちに囲まれ、銀ちゃんに踊り場で胴を払われ、袈裟懸けにされ、「ギャーッ」という叫びとともに血しぶきをあげ、ゴムまりのように階段をころげ落ちて行く。骨はくだかれ、神経は断たれて、あがり框で全身を大きくバウンドさせ、グシャリと堅い土間に打ちつけられる。

ヤスの呼吸音を、全員が耳をそばだて、身動きもせずに待つ。

ヤスは、ゆらりと立ち上がり、

「監督、銀ちゃん、かっこよかったですか？　銀ちゃんのいいシーン、撮れました？」

「OK」

　という監督の声に、ニヤリと笑いを返して、こぶしほどもある血のかたまりを口から吐きだし、ヤスが崩れるように倒れるのが、あたしの目に映った。

解説

評判になった小説が芝居や映画になる例は日常的に数多い。ヒットした映画を小説にするノベライゼーションも、最近は結構盛んだ。しかし、戯曲の場合は、舞台で人気を得ても、それが小説になることはめったにない。演劇が本質的にもっている立体的な構造が、活字だけの小説の世界にはなじみにくいせいもある。しかし、むしろこれは、戯曲を小説化するほど大衆的に人気のある劇作家が、少なくとも現代の日本ではこれまで少なすぎたため、と見るべきだろう。

小説から劇へ、ではなく、劇から小説へ。このまれな道を、旺盛《おうせい》な演劇活動と並行してやってのけ、成功したのが、つかこうへいだ。

これまでのところ、彼の小説の多くは、すぐれた成果をあげた彼の芝居の、彼自身の手によるノベライゼーションである。むろんそうではないオリジナルの小説作品もかなりあるが、舞台から移行した小説には、舞台でくり返し試み、練り上げた成果の濃い味がとりわけたっぷりと含まれている。第十八回岸田《きしだ》戯曲賞を受賞し、つかこうへの名を一躍高めた戯曲『熱海殺人事件』（一九七三年）を小説化した『小説熱海殺人事件』（一九七六年、角川文庫）が小説の第一号。つづいて、同名の戯曲を小説化した『初級革命講座飛龍伝』（七七年、同）が出た。

小説化の技術も作を重ねるにつれて巧みなものとなり、『ヒモのはなし』（『ストリッパー物語』の小説化）、『ロマンス』（『いつも心に太陽を』の小説化）など三作で八〇年第八十二回直木《なおき》賞の候補。そして八二年一月ついに本書『蒲田行進曲』（八一年）で第八十六回直木賞を手にした。

小説『蒲田行進曲』も、もちろん舞台が先行している。八〇年十一月、つかこうへい作・演出により東京・紀伊國屋《きのくにや》ホールで初演された同名の舞台をかなり忠実に小説にしたものだ。はじめ『野性時代』八一年十月号に掲載されたときは『銀ちゃんのこと』という標題だったが、単行本（八一年十一月）にするに当たり、加筆し、タイトルは舞台通りとなった。戯曲の方も別個に角川書店から刊行されているから、舞台、小説、戯曲と、つかこうへいファンは『蒲田行進曲』をめぐる三通りの楽しみを味わうことができる。この作品は、八二年秋、つか自身の脚本、深作欣二《ふかさくきんじ》監督で映画化されるから、楽しみはさらに四通りにふくれあがるはずである。

さて、この『蒲田行進曲』には、前史がある。難産の前史である。タイトルが決まり、公演を予告しながら、一向に舞台ができあがらないまま、五年もの月日が流れたのだ。タイトルだけの幻の作品で終わるのではないかという噂まで流れた。

つかこうへいによる「『蒲田行進曲』マル秘演出日記」（白水社刊『つかこうへいによるつかこうへいの世界』収録）によると、はじめ彼は評伝『ビビアン・リーの生涯』からヒントを得て、「美貌《びぼう》の衰えた往年の人気女優の物語を日本に置き換えて、それも松竹蒲田《しょうちくかまた》撮影所を舞台にやってみたい」と思っていたらしい。私自身、彼からそのプランを聞いたことがある。しかし、案は二転三転し、公演予告は延びるばかりだった。

だから八〇年秋、初演の幕があがるとき、客席の私まで緊張で息がつまる思いだった。この一作に賭《か》けてきたつかの決意の重さがひしひしと伝わってきたからだ。

だが、幕をあけた『蒲田行進曲』は、そんな不安を吹きとばす実に鋭い仕上がりの舞台だった。戦前の「松竹蒲田撮影所」の代りに、現代の東映京都《とうえいきょうと》撮影所が舞台だ。年老いた「往年の人気女優の物語」の代りに、よじれによじれた男女の三角関係が、おかしさとおそろしさにいろどられた突き刺すような切なさで迫ってくる。初演で銀《ぎん》四郎《しろう》を演じた加藤健一《かとうけんいち》、ヤスの柄本明《えもとあきら》、小夏《こなつ》の根岸季衣《ねぎしとしえ》、ともにすばらしい演技の冴《さ》えだった。ひりつくほどの毒性をたっぷり含んだこの三角関係の魅力に接したあとでは、ふつうの一対一の男女関係が、なんだか気のぬけたビールに思われてきたから奇妙である。

小説は、戯曲よりは簡潔で抑制した筆づかいながら、語り口としてヤスと小夏の独白体を駆使することで、舞台のせりふのおもしろさを地の文と会話にふんだんに生かし、自立する作品の世界をつくりあげている。

自分と女との間にわざと別の男（あるいは男たち）を介在させ、それによって自虐的な愛を高揚させるマゾヒスティックな男の肖像を、すでにつかこうへいはこれに先立つ劇『ストリッパー物語』（七五年）や『寝盗られ宗介』（八〇年）で描いていた。自分をおとしめる第三者を導き入れることで燃えさかる、マゾヒスティックな愛の姿である。この愛のかたちを、さらにはっきりとした三角関係のなかで、徹底的に、ほとんど極限にまで推し進めてみせたのが、この『蒲田行進曲』だ。

映画スターの銀四郎と、その弟子でスタントマン専門の大部屋俳優ヤス、そして銀四郎と同棲《どうせい》して彼の子をはらみ、ヤスに押しつけられてその妻となる女優の小夏。ヤスとともに暮らすようになってからも、銀四郎と小夏は会いつづけている。

彼らの関係が特異なのは、少なくとも男二人に関する限り、彼らはこの三角関係を解消したいとはどうやらひとつも思っていないということだ。男と女が一対一で向かい合う素朴な関係では彼らはもはや満たされない。小夏を間にはさむことで、互いに複雑に傷つけ合い、嫉妬《しっと》しあう苦い絆《きずな》を彼らは選ぶ。人工的な愛の三角関係をあえて仕かけ、維持し、責める役割と責められる役割を厳密に演じつづける点で、彼ら三人の関係はほとんど演劇的である。

実際、撮影の現場でも殴られけられ、日常的にも銀四郎に「虫けらとして扱」われるヤスを見ていると、この男はなぜこれほどまでに損な役回りにこだわりつづけるのかと疑問に思うかもしれない。ヤスは大学出であり、頭も切れる。いまの世の中、もっと気楽に生きようと思うなら、サラリーマンでも何でも、なだらかで平穏な日常を保証してくれる職業には事欠かないはずだ。苦しい三角関係なんかさっさと解消して、律儀でつつましい愛を手に入れることも、さほどむずかしいことではないだろう。だが、ヤスはそれをしない。これからも、することはあるまい。なぜか？

おそらくヤスは知っているのだ。実直で平坦《へいたん》な日常生活を送ることは、ヤスにとってさほどむずかしいことではないが、しかしそこでは、激しく劇的な情熱を燃やすような事態にはもうめぐりあえないだろうということを。なだらかな日常のリズムに慣れ親しむとき、非日常的な情熱への欲求さえ摩滅していくだろうということを。

だから、ヤスはあえてスタントマン専門の大部屋俳優に徹することによって、下降の情熱の道を選ぶ。損を承知で、銀四郎になぶられ、小夏にさげすまれる「虫けら」同然の役回りを引き受ける。それはほとんどフィクショナルな、そらおそろしい情熱であり、功利性を度外視しているだけに、精神性さえも感じさせる。つかこうへい好みの言葉でいえば、ヤスは「ひけめの美学」を意図的に生きる男であり、「前向きのマゾヒズム、前向きの卑屈さみたいなところで一つの時代を切りさこうとしている」(別役実《べつやくみのる》との対談での発言。前出『つかこうへいによるつかこうへいの世界』所収)人間なのだ。別のことばでいえば、マイナスの生き方に徹する屈したダンディズムである。

だから、ヤスはマゾヒスティックな生き方を選び、志向するが、決してそれだけで自足する根っからのマゾヒストではない。そういう生き方をすることの屈辱感はたえず彼の胸の底で煮えたぎっており、しばしばそれは妻となった小夏への際限ない嫌味のことばとなってほとばしる。銀四郎から浴びせられるサディズムを、ヤスは今度は小夏に向けて放つのだ。

サディズムとマゾヒズムは一つの楯《たて》の両面だから、銀四郎とヤスは一見いかにも対照的な性格に見えるけれども、プラスの符号とマイナスの符号の違いを除けば、実は精神的兄弟といえるほど似通った部分を持っている。小夏がつくった手料理の弁当を、ヤスが仲間の大部屋俳優たちに食べさせる場面は、その典型だ。俳優たちにいちいちうるさく指図して食べさせるヤスの姿は、いつしか銀四郎そっくりになっている。そこのところを、小夏はさりげなく、こう描く。

「満足げにみている。こんな時のヤスって、もう銀ちゃんと同じなの。そっくりそのまま。真似してるのね、いや、しぜんに似ちゃうのよきっと」（傍点＝引用者）

ここでのヤスは、要するに小型版銀四郎なのだ。銀四郎に対するときの被虐者ヤスは、階層の違う相手に立ち向かうとき、一転して、銀四郎そっくりの支配者となる。上から下へと階層をくだる加虐の志向。そして下から上へとのぼりつめる被虐の情熱。上下をつなぐこの熱き連帯！

となると、この作品は実は、今なお日本人をとらえてやまない日本的人間関係、組織の体質への実に鋭い批評となっている。ヤクザから政治家、企業、官庁、労組、学者、ジャーナリズムの世界まで、私たちの世界は、無数の銀四郎、無数のヤスで今もあふれている。つかこうへいは、この伝統的な人間関係を決して外側から評論家的に批判したりはしない。心情的に称賛もしない。ただ彼は、このような人間関係の苦痛と快楽、それを支えるすさまじい情熱をひたすら内側から活写するだけだ。それを通して私たちは、絶対的な価値基準の失われたいまの時代にあって、この伝統的な人間関係が若者たちによって或《あ》るフィクショナルな情熱の対象、一つの座標軸としてあらたに選ばれ、再び維持されていく光景を目撃することになる。時代の連続性についての、鋭く無残な示唆がここにはある。
毒のある物語は、同時に、毒性の強い苦い社会批評の物語でもある。

扇田昭彦

一九八二年七月

本書は、一九八二年八月に刊行された角川文庫を底本としています。
本書中には、ホモ、百姓、ビッコ、トルコ（風呂）、二号といった、今日の人権意識に照らして不適切と思われる語句や表現がありますが、作品執筆当時の社会的状況および作品舞台の時代背景や作品の文学性、作者が故人であることを考慮し、底本のままといたしました。

（編集部）

蒲田行進曲《かまたこうしんきょく》

つかこうへい

昭和57年 8月30日　初版発行
平成30年 10月25日　改版初版発行
令和6年 12月5日　改版7版発行

発行者●山下直久

発行●株式会社KADOKAWA
〒102-8177　東京都千代田区富士見2-13-3
電話　0570-002-301（ナビダイヤル）

角川文庫 21207

印刷所●株式会社KADOKAWA
製本所●株式会社KADOKAWA

表紙画●和田三造

ISBN 978-4-04-106987-5　C0193

JASRAC 出 1809476-407

角川文庫発刊に際して

角川源義

第二次世界大戦の敗北は、軍事力の敗北であった以上に、私たちの若い文化力の敗退であった。私たちの文化が戦争に対して如何に無力であり、単なるあだ花に過ぎなかったかを、私たちは身を以て体験し痛感した。西洋近代文化の摂取にとって、明治以後八十年の歳月は決して短かすぎたとは言えない。にもかかわらず、近代文化の伝統を確立し、自由な批判と柔軟な良識に富む文化層として自らを形成することに私たちは失敗して来た。そしてこれは、各層への文化の普及滲透を任務とする出版人の責任でもあった。

一九四五年以来、私たちは再び振出しに戻り、第一歩から踏み出すことを余儀なくされた。これは大きな不幸ではあるが、反面、これまでの混沌・未熟・歪曲の中にあった我が国の文化に秩序と確たる基礎を齎らすためには絶好の機会でもある。角川書店は、このような祖国の文化的危機にあたり、微力をも顧みず再建の礎石たるべき抱負と決意とをもって出発したが、ここに創立以来の念願を果すべく角川文庫を発刊する。これまで刊行されたあらゆる全集叢書文庫類の長所と短所とを検討し、古今東西の不朽の典籍を、良心的編集のもとに、廉価に、そして書架にふさわしい美本として、多くのひとびとに提供しようとする。しかし私たちは徒らに百科全書的な知識のジレッタントを作ることを目的とせず、あくまで祖国の文化に秩序と再建への道を示し、この文庫を角川書店の栄ある事業として、今後永久に継続発展せしめ、学芸と教養との殿堂として大成せんことを期したい。多くの読書子の愛情ある忠言と支持とによって、この希望と抱負とを完遂せしめられんことを願う。

一九四九年五月三日

角川文庫ベストセラー

楽しい古事記　阿刀田　高

古代、神々が高天原に集い、闘い、戯れていた頃。物語と歴史の狭間で埋もれた「何か」を探しに、小説家・阿刀田高が旅に出た。イザナギ・イザナミの国造りなど名高いエピソードをユーモアたっぷりに読み解く。

やさしいダンテ〈神曲〉　阿刀田　高

人は死んだらどうなるの？　地獄に堕ちるのはどんな人？　底には誰がいる？　迷える中年ダンテ。詩人ウェルギリウスの案内で巡った地獄で、こんな人たちに出逢った。ヨーロッパキリスト教の神髄に迫る！

海と毒薬　遠　藤　周　作

腕は確かだが、無愛想で一風変わった中年の町医者、勝呂。彼には、大学病院時代の忌わしい過去があった。第二次大戦時、戦慄的な非人道的行為を犯した日本人。その罪責を根源的に問う、不朽の名作。

伊豆の踊子　川　端　康　成

孤独の心を抱いて伊豆の旅に出た一高生は、旅芸人の十四歳の踊り子にいつしか烈しい思慕を寄せる。青春の慕情と感傷が融け合って高い芳香を放つ、著者初期の代表作。

堕落論　坂　口　安　吾

「堕ちること以外の中に、人間を救う便利な近道はない」。第二次大戦直後の混迷した社会に、かつての論理を否定し、新たな考え方を示した『堕落論』。安吾を時代の寵児に押し上げ、時を超えて語り継がれる名作。